ALEXANDRE GALIEN

LE SOUFFLE
DE LA NUIT

L'éditeur de cet ouvrage s'engage dans une démarche de certification FSC® qui contribue à la préservation des forêts pour les générations futures.

Pour en savoir plus :
www.editis.com/engagement-rse/

Le Code de la propriété intellectuelle n'autorisant, aux termes de l'article L. 122-5, 2° et 3° a, d'une part, que les « copies ou reproductions strictement réservées à l'usage privé du copiste et non destinées à une utilisation collective » et, d'autre part, que les analyses et les courtes citations dans un but d'exemple et d'illustration, « toute représentation ou reproduction intégrale ou partielle faite sans le consentement de l'auteur ou de ses ayants droit ou ayants cause est illicite » (art. L. 122-4).
Cette représentation ou reproduction, par quelque procédé que ce soit, constituerait donc une contrefaçon, sanctionnée par les articles L. 335-2 et suivants du Code de la propriété intellectuelle.

© Éditions Michel Lafon, 2020
ISBN : 978-2-266-31640-8

Dépôt légal : septembre 2021

À tous les destins brisés qui peuplent les ruelles.

*L'œil était dans la tombe
et regardait Caïn.*

Victor Hugo, « La Conscience »

Benin City, Nigeria, 2004

Au moment où le couteau entaille mon poignet, le regard du prêtre brille d'un feu maléfique. Il prépare le juju en faisant couler un peu de sang sur les poils qu'il m'a rasés et qu'il a fait macérer avec ma salive dans la terre du jardin de mes parents, où il ne pousse plus d'arbre ni d'espoir. Ma mère pleure. Mon père fait bonne figure. Cette nuit, elle est venue me voir, maman. Elle a posé ses lèvres sur mon front et m'a serrée contre elle, plus fort que n'importe quand. Plus fort que la fois où elle m'a perdue au marché, au milieu des gens qui vendaient des fruits, et des motos-taxis au regard triste parce qu'ils avaient trop chaud. J'ai vu dans ses yeux qu'elle était inquiète à ce moment-là, qu'elle ne voulait pas que je disparaisse. Je l'ai vu dans ses yeux parce qu'il y restait quelques larmes. Mais hier soir, elle me serrait comme ça parce qu'elle savait que c'était la dernière fois. Alors, elle a plongé son nez dans les tresses qu'elle m'avait faites. Tellement serrées qu'elles me faisaient décoller les sourcils. Elle les a respirées longtemps. Parfois, moi aussi je les sens, pendant que je lis, et je sais qu'elles ont une odeur d'huile d'argan. Elle reniflait dans mon oreille, c'était désagréable, mais je la laissais faire. Elle avait l'air d'en avoir besoin. Pendant ce temps-là, je regardais mon bureau d'écolière, mes cahiers, la carte du monde qui était affichée au-dessus. Je savais placer le Nigeria et, grâce à notre voisin Alassane, je savais placer la France, l'Italie, et presque tous les autres pays. Il est tellement gentil, Alassane. Il est vieux, avec des cheveux tout blancs et plein de livres dans sa maison. Il aime bien quand je vais prendre mon goûter chez lui, et qu'il me lit des romans américains. Il dit que je comprends plus vite que les enfants de mon âge. Il a été impressionné quand je lui avais parlé de L'Attrape-cœurs. *Parce que parfois, je me sens un peu comme le narrateur du livre. J'ai l'impression que personne m'aime, alors qu'en fait, c'est moi qui supporte pas trop les gens après un moment. Mais pas Alassane. Alassane, je l'aime bien, avec ses cheveux tout blancs.*

Maman me chuchotait à l'oreille. Elle pleurait beaucoup, mais je comprenais ce qu'elle disait. Elle m'a dit que la famille comptait sur moi, qu'il fallait que je ramène de l'argent au pays. Elle m'a dit que demain, le prêtre allait me confier à une Madam qui allait s'occuper de moi et m'emmener en France. J'ai trop envie d'aller en France. Je vais pouvoir voir la tour Eiffel, et lire d'autres livres que ceux d'Alassane. Parce que bon, je les ai déjà tous lus. Elle m'a dit qu'elle était fière de moi, aussi. Et qu'elle était sûre que quand je reviendrais à Benin City, tout le monde serait aussi fier qu'elle.

Alors depuis tout à l'heure, j'écoute attentivement le prêtre, le Baba Lao. Il est petit, un peu gros et il louche. Pourtant, il est intimidant avec ses vêtements immaculés et ses bagues en or. Il finit d'enrober mon juju dans un tissu, et demande à papa et à la Madam de prêter serment. Moi, ça commence à me faire un peu peur. Parce que son temple, au Baba Lao, il est bizarre. D'habitude, les temples que je vois, ils sont pleins de couleurs. Déjà, là, c'est dans une vieille cabane sur un chantier, avec des grues et tout. Et en plus, c'est plein d'ossements, et y a des photos étranges de gens en transe. Y a même un masque super effrayant au milieu de l'autel. Un de ces masques sur lesquels on a mis les cheveux d'un mort. Il a la bouche grande ouverte et des yeux méchants. Je ne sais pas pourquoi, mais ils sont méchants. Et en plus, les bougies, elles font comme si ses yeux bougeaient tout seuls. Pendant que papa prête le serment, maman se met à pleurer. C'est fini. La Madam vient me chercher, en me prenant par le bras. Dans le fond de la pièce, un monsieur en costume me regarde arriver. Il a des yeux encore plus méchants que le masque...

– 1 –

De la nuit noire se dégageait une sale odeur de pétrole. Le bois de Vincennes faisait bruisser ses arbres qui, à la faveur des phares de la voiture de police et de son halo bleuté, ressemblaient à des pantins géants menaçant d'engloutir les flics qui se mettaient en branle autour du corps. La canicule avait rendu les effluves qui chatouillaient leurs narines plus tenaces. Il régnait sur la scène de crime un silence de cathédrale. Seuls les premiers intervenants étaient déjà sur place. Leurs radios crachaient des messages qui ne les concernaient plus. Les trois flics en uniforme recueillaient l'identité de la prostituée qui aurait préféré se taire, et de son client qui préférerait que sa femme n'apprenne pas qu'il avait été obligé de composer le 17 alors qu'en déboutonnant son pantalon il avait heurté de son soulier une tête sans vie. Le brigadier Gourvennec, qui espérait terminer sa vacation sans avoir à faire de rabiot, commençait à perdre patience.

— Mais vous n'êtes peut-être pas obligé d'envoyer la convocation chez moi, si ? Enfin…
— Monsieur…

Le brigadier, qui se souvenait pourtant parfaitement du nom du micheton, jeta un œil sur son calepin. C'était toujours bien qu'un quidam pense un flic plus bête qu'il ne l'était vraiment.

— … Pardon… monsieur Harlay, laissez-moi vous expliquer quelque chose : vous avez failli vous casser la figure sur un cadavre. Si j'en crois ce que vous m'avez dit, dans votre quotidien d'inspecteur des impôts, vous n'avez pas dû croiser beaucoup de macchabées. Moi, ça fait dix ans que j'en vois. Et je peux vous dire que celui-là, il va me falloir quelques rendez-vous de psy avant qu'il arrête de venir me chatouiller pendant mon sommeil. Donc, même si on voulait gripper les rouages d'une investigation criminelle pour protéger votre mariage, vous ne pourriez pas le garder pour vous. Vous allez sûrement vous dire que j'outrepasse ma fonction de flic en tenue, mais je vous conseille sérieusement d'en parler à votre épouse.

Harlay restait silencieux. Il ne comprenait pas pourquoi son regard ne pouvait se détacher de la masse d'organes abandonnée à même la terre. Contrairement à Gourvennec, il ne savait pas qu'il ne fallait jamais regarder une victime de mort violente dans les yeux. Laisser ça à la PJ. Même le proc' ne le faisait que rarement. Pas de zèle quand on se confronte à l'horreur : le secret des carrières qui durent…

Au loin, un concert de sirènes à deux-tons fendit doucement l'atmosphère oppressante. La Crim' arrivait. Les deux gardiens de la paix qui complétaient l'équipage de police-secours tournèrent machinalement la tête pour guetter les spécialistes. Le brigadier, lui, pestait encore. Il savait pertinemment que sa nuit n'était pas finie. Les pompes funèbres, en période de canicule, allaient mettre des plombes à se pointer, dépassées par le nombre de personnes âgées que leurs enfants oubliaient trop vite. Les phares des quatre voitures banalisées brillaient au bout du chemin et se rapprochaient à toute vitesse. Quelques minutes plus tard, les deux-tons se turent. Les pneus usés des voitures de service crissaient sur les cailloux et les branchages secs qui jonchaient les alentours. Enfin, les moteurs s'éteignirent, les gyrophares cessèrent leur ballet, et une première portière s'ouvrit.

Que la fête commence.

La pénombre empêchait Gourvennec de voir qui se trouvait à l'intérieur des voitures. Ainsi, le premier contact visuel qu'il eut avec la Brigade criminelle fut une santiag qui fit craquer les feuilles. Jean déplia sa carcasse au moment où Antoine embourbait son mocassin dans la seule flaque de boue qui avait résisté à la sécheresse caniculaire. Ils avaient troqué leurs vestes de costume pour des gilets tactiques siglés « Police judiciaire ». Le reste du groupe se mit en ordre de marche derrière leur nouveau chef et l'éternel procédurier-rockeur. C'est Jean qui le premier s'approcha des flics en tenue et serra la main au brigadier. Il était bien meilleur pour l'entregent, et Antoine, devenu officiellement chef de groupe, avait appris à rester en retrait.

— Salut, Jean Parudon, de la Crim'. Mon chef de groupe, Antoine. Les autres sont en train de s'équiper. Tu m'affranchis ?

Pendant que Gourvennec rendait compte à Jean, Julien et Hakim enfilaient leurs combinaisons en papier. Aline et Edwige – la dernière du groupe – indiquaient déjà à l'Identité judiciaire où placer les spots surpuissants qui allaient leur permettre de voir l'horreur dans ses moindres détails.

— On a été sollicités à vingt-trois heures par notre état-major pour une mort violente. Arrivés sur place à vingt-trois heures dix. On prend attache avec le requérant qui attend près du véhicule. On s'approche et à la lumière des phares et de nos lampes torches, on découvre un homme d'une cinquantaine d'années en état de putréfaction, gisant sur le dos. Une plaie ouverte au niveau de l'abdomen. On n'a touché à rien, on a établi un périmètre de sécurité et on vous a attendus en tentant tant bien que mal de retenir les deux témoins.

— OK, aucun de tes effectifs ni les témoins n'ont fumé de cigarette en nous attendant ?

— Si, mais on a mis les mégots dans un sachet plastique. La scène de crime est à peu près clean. Mis à part nos empreintes de pas, mais on a tracé un chemin unique.

Le flic désigne à Jean le chemin emprunté a minima par ses effectifs. Le procédurier se frotte les mains.

— Et le requérant ? Tu peux m'en dire un peu plus ?

— Bien sûr, un brave père de famille venu faire une balade de santé en compagnie d'une jeune fille de nationalité nigériane. Quoi de plus bucolique qu'une nuit de pleine lune dans le bois de Vincennes ? Bien évidemment, il est plus préoccupé par ce que dira sa femme de son appétence pour les promenades en forêt que par le bon déroulé de ton enquête, mais je pense qu'il ne devrait pas être pas trop difficile de lui faire entendre raison…

Au téléphone, Antoine faisait les cent pas le long des voitures de service pour ne pas polluer la scène de crime. Le commissaire Graziani, chef de la Brigade criminelle, venait d'arriver, l'œil fatigué et la chemise froissée. En sortant de sa voiture, il passa une main sur son visage, comme si celle-ci faisait office de fer à repasser. Antoine s'approcha de son chef et lui tendit le téléphone.

— Tenez, patron. J'ai le parquet en ligne.

Graziani se racla la gorge et porta l'appareil à son oreille. Antoine en profita pour l'observer quelques minutes. Le patron n'avait pas pris le temps de fermer son gilet tactique, ce qui lui donnait l'air débraillé que n'importe qui prêterait à un commissaire de police tiré du lit une nuit de canicule.

La nuit s'épaississait, pourtant la chaleur ne diminuait pas. Quand Jean et Antoine enfilèrent à leur tour leurs combinaisons de papier, elles leur collèrent immédiatement à la peau, faisant de leurs chemises une membrane humide et désagréable qui les démangeait constamment. Jean s'accroupit auprès du cadavre. Il s'empêchait de regarder l'expression d'effroi figée sur le visage de la victime, ses yeux révulsés, et les filets de bile qui avaient coulé le long de ses joues. Jean, malgré les projecteurs de l'Identité judiciaire, détaillait péniblement chaque partie du corps dans son Dictaphone. Le torse, large, était intact jusqu'à la cage thoracique. Malgré ses vingt-cinq ans de Crim', le major dut s'y reprendre à deux fois avant de regarder plus bas. Une plaie béante traversait dans le sens de la largeur le ventre proéminent du cadavre. Une odeur d'excréments et de sang venait forcer la barrière de baume du tigre que Jean avait dressée sur sa moustache. Les intestins étaient étalés en charpie autour des hanches. La violence des coups portés avait laissé des traces rouges et marron sur la peau diaphane de l'homme. Jean continua son exposé factuel dans son Dictaphone. Antoine l'avait rejoint. Derrière son masque de protection, le chef de groupe était livide : l'horreur de la scène avait eu raison de son sang-froid légendaire. Les yeux des deux flics s'étaient posés en même temps sur la plaie. Ils levèrent la tête en même temps et échangèrent un regard plein d'effroi.

Du ventre dépassait une masse informe en tissu, recouverte d'étranges filaments noirs agglomérés par du sang coagulé. La voix de Jean fendit le brouhaha d'un ton légèrement moins assuré que d'habitude.

— On peut manipuler le cadavre ? Vous avez pris tous les clichés ?

Le photographe de l'Identité judiciaire lui fit un signe de plongeur pour approuver. Le procédurier, sous l'œil de son chef, prit une grande inspiration et se saisit de l'objet. Dans un bruit visqueux d'entrailles et de fluides corporels, il en extirpa la masse, libérant ainsi des effluves de viscères chauds qui lui provoquèrent un nouveau reflux acide. Les flics n'en croyaient pas leurs yeux. On avait enfoncé dans le ventre de leur victime ce qui pouvait faire penser à une espèce de poupée couturée de cicatrices de fil noir. Pas de celles que l'on dépose sous le sapin pour les enfants, mais plutôt de celles que l'esprit associerait à des pratiques occultes. Le sang dont elle s'était imprégnée lui donnait une couleur qui tirait vers l'ocre. Un sourire en biais dessiné sur son visage la rendait plus inquiétante encore. Comme la plupart des poupées de ce genre, les yeux étaient cousus. Deux petits cailloux polis qui reflétaient la lumière des projecteurs lui insufflaient un regard vivant. Sur son crâne, quelques morceaux de Scotch faisaient tenir ce qui ressemblait à des cheveux épars. Antoine et Jean examinèrent la poupée en détail, n'en menant pas large face à l'objet ; en rien comparable à quoi que ce soit qu'ils aient déjà vu au cours de leurs carrières. Passé l'effroi, leur instinct de chasseurs reprit le dessus : cette poupée signifiait une piste à remonter. Un homme de la police scientifique détournait le regard en la déposant du bout des doigts dans une boîte qui préserverait les traces ADN, après qu'elle eut été photographiée sous tous les angles. La boîte scellée, l'air s'allégea quelque peu.

Les flics entreprirent enfin de retourner le cadavre. L'homme était si corpulent qu'ils durent s'y mettre à quatre pour le faire passer sur le ventre en attendant les pompes funèbres. Au moment où la masse morte se retrouva face contre terre, ils s'aperçurent qu'un portefeuille noir avait été glissé sous le macchabée. Antoine, dont les yeux s'étaient enfin habitués à la pénombre, se glaça. Le portefeuille passa de main gantée en main gantée, faisant naître dans son sillage une rumeur de plus en plus grande. À l'intérieur, une carte bleu-blanc-rouge, une médaille de police et des galons de commandant.

Après quelques rapides vérifications, les enquêteurs surent qu'ils avaient affaire à un tueur de flic, et que sa première victime n'était autre que Louis Lefort, commandant de police au groupe Cabarets.

– 2 –

Le soleil tombait lentement sur le lagon. Valmy était assis, le regard éteint depuis trop longtemps pour qu'il puisse mettre une date précise sur sa dernière lueur. L'espoir l'avait quitté en même temps que la notion du temps. Il faisait de toute façon partie de ceux qui n'aimaient pas le voir passer. Il était assis devant un coucher de soleil qui se reflétait sur l'eau, dont les clapotis lui berçaient les tympans au rythme régulier d'une mère aimante. Il ne supportait pas l'absolu, le définitif. Alors, chaque fois il faisait mine de retenir la boule d'or entre ses doigts, l'œil clos. Comme pour l'empêcher de disparaître derrière la brûlure orangée de l'horizon, et continuer de se délecter autant qu'il le voulait du chatoiement de sa flamme sur les flots azur. Il repensa à la journée qu'il venait de passer, semblable à toutes les précédentes et, il l'espérait, identique aux suivantes.

Depuis un an, il était l'adjoint de l'attaché de sécurité intérieure à l'ambassade de France au Nigeria. Hasard du jeu de chaises musicales de l'administration, c'était le premier poste à l'étranger qu'on lui avait proposé. Paris n'était plus sa ville aimée, elle était un passé maudit. Et il fallait qu'il s'en éloigne coûte que coûte. Son travail, uniquement administratif, consistait à faire le lien entre les autorités françaises et nigérianes dans tout ce qui avait trait aux trafics : armes, drogue, traite des êtres humains. Loin des nuits parisiennes, des cadavres et des voyous. Loin du fantôme d'Élodie et de l'ombre de Max qui planait, maléfique, au-dessus de chaque seconde de vie qu'il parvenait à grappiller à son corps défendant. Ses journées étaient réglées comme celles d'un fonctionnaire obsessionnel. Chaque matin, deux cafés et un Lexomil. Il descendait ensuite quatre à quatre les escaliers de son immeuble, en trébuchant immanquablement. Sans raison évidente, au Nigeria, les marches n'étaient pas toutes de la même hauteur. Ses camarades du consulat aimaient à dire que l'architecture nigériane était anarchique. Secrètement, il préférait la penser facétieuse, afin de s'éviter une nouvelle source d'angoisses. Puis il s'enfermait dans son bureau, où ne trônait rien de personnel. Pas un souvenir de sa vie d'avant, pas un espoir pour celle d'après. De simples chemises cartonnées, un ordinateur avec un fond d'écran uni Windows et un téléphone qui sonnait de temps en temps quand un Français avait la mauvaise idée de traiter avec des trafiquants nigérians. Tous les matins, il lisait des rapports de police, en fixant le mur dix minutes entre chaque page. Entre onze heures et quinze heures, il était pris par les vertiges et les maux de tête qui envahissent les Européens dans les pays trop chauds pour leurs corps. Il ressentait des nausées, réfléchissait plus lentement. Il adorait ces moments qui ralentissaient ses bouffées d'angoisse comme des péages sur l'autoroute de la déprime. Pour le reste des expats de Lagos, ces moments de lenteur donnaient lieu à une euphorie exacerbée. Valmy avait déjà observé ces comportements chez son labrador en France, pendant les périodes de canicule. Une fois que le jour laissait place à la nuit, il faisait ressortir tout ce que la chaleur étouffait de joie. C'était le moment où la vie de Valmy changeait de dimension. Quand les humanitaires et les employés de compagnies pétrolières se réunissaient dans les quelques bars d'hôtels de luxe à la fin de leurs journées harassantes, lui allait regarder le soleil disparaître à côté des quelques gargotes locales qui peuplaient le côté sud du Lagon.

Une voix grave, teintée d'un accent marseillais à couper l'eau d'une mauresque bien tassée, l'arracha à ses rêveries.
— Oh, Philippe. Tu viens t'asseoir, ou tu veux que je trifouille ton jeu pendant que tu regardes pousser l'herbe ? Je te préviens, dans trente secondes, je change l'ordre de tes cartes…
Sanagari, la seule connaissance locale qu'il considérait comme un ami, se tenait derrière lui, en maillot de corps et short de basket. Il avait un chemin de vie escarpé qui le rendait imperméable au pouvoir qu'avait Valmy de plomber les ambiances. Camerounais d'origine, il avait grandi dans les quartiers nord de Marseille. Valmy s'était toujours refusé à consulter les fichiers pour éclaircir la zone d'ombre de dix ans dans le récit de son nouvel ami. Tout ce qu'il savait, c'était que Sanagari était arrivé dix ans plus tôt à Lagos avec en poche à peine de quoi ouvrir un stand de streetfood ; et qu'il était, depuis, devenu le propriétaire

d'un restaurant français de la ville qui semblait avoir été transporté directement depuis les quartiers les plus tendances de Paris. La salle était vaste, et entre les tables de marbre slalomaient habilement des serveuses et des serveurs branchés qui apportaient à des clients confortablement installés dans des fauteuils de velours des plats revisités par un grand chef. Défiant les lois de la physique, les lumières tamisées, intelligemment disposées, avaient le pouvoir de faire taire le brouhaha et de transformer le pas d'un serveur pressé en un feu follet dansant qui s'inscrivait parfaitement dans le paysage. Sanagari avait un sens de l'esthétique hors-norme qui s'illustrait aussi bien par son style vestimentaire au cordeau que par ses goûts en déco. Philippe Valmy savait aussi qu'il était un redoutable joueur de crapette. Tous les soirs, ils s'octroyaient deux heures de vie de retraités, à boire du pastis et jouer aux cartes en refaisant le monde, avec la distance de ceux qui ont trop de pages de vie par rapport à leurs années d'existence. Ce que Valmy aimait par-dessus tout chez Sanagari, c'est qu'il ne lui posait jamais de questions.

Un soir, Philippe rentrait d'un séjour au marché de Kétou. Quand Sanagari l'avait vu entrer dans le restaurant, il avait compris. Le Camerounais avait sorti une bouteille de Lagavulin, et Philippe lui avait tout déballé. Ce qu'il y avait vu, les étals de fortune poussiéreux remplis de têtes de chiens, de queues de chevaux, de chouettes séchées. L'air qui y régnait, vicié et pesant, le ciel gris qui semblait vouloir l'absorber. Puis il avait raconté l'histoire d'Élodie, la traque de Max... Ils n'en avaient plus parlé depuis. C'était là, entre eux. Au milieu des cartes, sur le coin du bar où Philippe dînait tous les soirs en regardant son ami gérer son restaurant, prêtant une oreille distraite aux conversations des clients les moins fréquentables. Il avait beau se battre pour le faire taire, le flic qui était en lui ne dormait jamais complètement.

– 3 –

Par la fenêtre du bureau du commissaire Graziani, le jour commençait doucement à poindre au-dessus du palais de justice. Les cerveaux du chef de la Brigade criminelle, d'Antoine et de Jean étaient ralentis par un mélange de chaleur et de manque de sommeil contre lequel luttait leur rage de trouver celui qui avait massacré leur collègue. C'est Graziani qui, après un long soupir, brisa le silence.

— Bon, il n'est que sept heures du matin… Pour l'instant, rien n'est sorti. Mais pour un commandant du groupe des Cabarets assassiné sauvagement, on va rapidement avoir la presse sur les bras. Je viens de recevoir le dossier administratif de la victime. Je m'étonne qu'aucun d'entre nous ne l'ait reconnu plus tôt… Vous l'avez vu au moins une fois, à l'enterrement de la femme de Valmy. Un gabarit comme ça, vous l'avez forcément remarqué. C'était son ancien binôme. Ils ont travaillé ensemble pendant vingt-cinq ans.

— On ne l'avait vu qu'une seule fois, patron. Et sincèrement, pendant l'enterrement, on pensait plus à être là pour Philippe qu'à établir une physionomie parfaite de la foule… rétorqua Jean, piqué au vif.

— Bon, passons… En tout cas, je ne sais pas qui c'est, mais vous avez un beau chat noir dans votre groupe. Comment comptez-vous vous y prendre, Antoine ?

— Pour l'instant c'est assez maigre. On a retrouvé la voiture de Louis stationnée aux abords du bois, donc on va commencer par essayer de la retrouver sur la vidéosurveillance pour savoir s'il est arrivé seul au bois de Vincennes ou si quelqu'un était avec lui. Edwige s'occupe des réquisitions pour les caméras privées qu'il y a autour, et Julien est déjà en salle de surveillance PVPP[1] à faire défiler les vidéos. Niveau téléphonie, Hakim est en train de recouper les différentes bornes avec le portable de Louis, et avec l'intégralité de ses contacts téléphoniques.

— Vous avez retrouvé son téléphone ? Je pensais qu'on n'avait que sa carte de flic…

— On a retrouvé les clés de sa voiture planquées derrière une roue, avec son téléphone.

Jean intervint.

— J'aurais fait la même chose que lui si je me méfiais de quelqu'un.

— Et il ne nous aurait pas facilité la tâche en notant son rendez-vous dans un agenda, par exemple ?

— On est en train de passer son téléphone au peigne fin avec l'Identité judiciaire. On espère trouver quelque chose.

— C'est tout ce que vous avez ?

— Non, on a aussi l'espèce de poupée flippante retrouvée dans son ventre. Faudrait qu'on comprenne de quoi il retourne. Pour ce qui est de sa fabrication, c'est peut-être de l'artisanal, mais, avec un peu de

---

1. PVPP : système de vidéosurveillance de la préfecture de police.

chance, c'est une base que l'on trouve dans le commerce et que le tueur a transformée. Si c'est le cas, on va pouvoir remonter quelque chose dessus. Même chose avec les cheveux. Ils sont artificiels, et les produits chimiques qu'ils contiennent vont peut-être nous mener quelque part. On va adresser des réquisitions à tous les fabricants de ce genre de produits pour savoir si ça vient de chez eux, et on retracera les points de vente. Il suffit que notre tueur ait payé les deux en carte Bleue, et on pourra remonter quelque chose.

Graziani resta silencieux quelques secondes pendant lesquelles il joua avec le stylo Montblanc posé sur son sous-main. Il s'adressa à Antoine.

— En espérant qu'on ait affaire à un débutant. Je n'y crois pas trop… Je veux que vos gars soient à fond, Antoine. Un flic tué avec une poupée bizarre dans le ventre, je vois déjà les gros titres. Sans compter que je vais avoir le patron de la BRP[1] sur le dos, il faut qu'il puisse rassurer ses gars. Louis Lefort n'avait pas d'enfant, ni de femme. Il ne lui restait que sa mère, qui est en maison de retraite dans le 78. On les a prévenus, je vais y aller avec son chef de service. Vous venez avec nous. Il va aussi falloir prévenir Valmy…

Jean prit immédiatement la parole :

— Je vais m'en occuper, patron, si ça ne vous dérange pas. On est très proches avec Philippe, et…

Graziani le coupa d'un geste.

---

1. Brigade de répression du proxénétisme, service dans lequel travaillait Louis, en charge du démantèlement de réseaux de prostitution.

— Jean, il est hors de question que vous vous occupiez de ça. C'est écrit sur ma fiche de paye, juste en dessous de la CSG, paraît-il.

Jean eut un regard amusé de se voir piquer sa repartie préférée par son chef. Graziani enchaîna sans lui laisser le temps de rétorquer.

— Mon cher, cela fait vingt-cinq ans que vous usez des mêmes répliques auprès de tous vos chefs de groupe. Vous imaginez bien que depuis, elle a fait le tour du service. Il va falloir vous y faire. On est tous suivis par de discrètes réputations, et les légendes de la Crim' sont impénétrables. La vôtre est de toujours user des mêmes répliques. Cela dit, Jean, vous pouvez rester avec moi pour le coup de fil. Vous savez s'il a gardé des contacts à la BRP ?

Jean observa quelques secondes dubitatives avant de répondre.

— Il a changé de numéro de téléphone et visiblement ne doit pas consulter ses mails. Depuis un an, personne n'a de nouvelles.

Graziani leva un sourcil.

— La DCI[1] devrait pouvoir nous aider.

Antoine leva timidement le doigt.

— J'ai bien essayé de leur demander son numéro, on m'a envoyé sur les roses. Apparemment, il n'y a que son chef de service qui sache comment le joindre, et il a donné ordre qu'on ne le dérange pas.

Le commissaire sourit.

---

1. Direction de la Coopération internationale : service chargé des policiers français envoyés à l'étranger dans le cadre de missions de formation ou en tant qu'attachés de sécurité intérieure dans les ambassades.

— Bon, très bien, mon chef de groupe le plus volatil joue les divas. Qu'à cela ne tienne, je vais moi-même appeler la DCI, et si ça ne suffit pas, j'irai faire un tour à Abuja avec Jean. Vous aimez les plaines verdoyantes, j'espère.

— Je suis plutôt branché Hautes-Alpes.

— Ne faites pas votre mijaurée, c'est presque pareil. En tout cas, je ne veux pas que Valmy soit mis au courant par quelqu'un d'autre que moi. Est-ce clair ?

Quand Antoine et Jean arrivèrent dans l'open space où travaillaient les membres du groupe, ils furent saisis par l'ambiance studieuse qui y régnait. Les quatre flics étaient à pied d'œuvre, et rien ne pouvait venir troubler l'atmosphère feutrée, insaisissable, que créaient les cerveaux en ébullition.

Antoine se souvint de ses années d'étudiant, lorsqu'il révisait ses partiels à la bibliothèque universitaire. Les milliards de neurones qui s'activaient derrière les tables faisaient flotter dans l'air les mêmes particules lourdes. Il se souvint aussi qu'il abhorrait les indélicats qui riaient, chahutaient, ou même passaient leur temps à parler de leurs stupides histoires de cœur dans ce lieu sacré dédié au savoir. Depuis son arrivée dans la police, il expérimentait le contraire. Le malheureux qui, au 36, se fixait pour éden de travailler en silence se lançait dans le treizième des travaux d'Hercule, tant il était impossible de ne pas entendre un téléphone sonner, un collègue rire ou râler, un mis en cause hurler, ou simplement le bruit mécanique de la culasse d'une arme résonner dans un couloir…

C'était donc la première fois depuis près de dix ans qu'Antoine assistait à cela. Les flics avaient changé jusqu'à leur manière de se déplacer, flottant tels des spectres à travers la pièce. Même le bruit des doigts sur les claviers qui habituellement avait l'écho d'un ventre qui gargouille très fort se faisait aussi discret qu'une légère pluie d'automne tombant sur un vasistas. Soudain, Hakim se leva, activa la machine à espresso qui, en ronronnant, fit vibrer le meuble et s'entrechoquer les quelques soucoupes empilées dessus. Chacun tourna les yeux, trop tard. Elles éclatèrent en mille morceaux sur le sol, anéantissant d'un coup d'émail bien placé le ballet voluptueux qui avait pris ses quartiers dans les bureaux de la Brigade criminelle.

Hakim s'excusa, fatigué par avance de devoir préparer un gâteau qui serait partagé le lendemain, tradition immuable du groupe à chaque faux pas de l'un de ses membres. Tradition qui avait le double avantage d'éviter les hypoglycémies lors des affaires trop chronophages comme s'annonçait celle-ci, et de créer un semblant de cohésion. Edwige, la nouvelle recrue, le regarda de l'air amusé, si rare chez les flics fatigués par l'existence, d'un enfant à qui l'on annonce une partie de cache-cache. Elle se leva pour l'aider à ramasser. Du haut de son mètre soixante-quatorze, sa silhouette gracile dépassait Hakim d'une demi-tête.

— Rappelle-moi de me mettre le plus loin de toi possible à la prochaine séance de tir... J'ai rarement vu quelqu'un d'aussi maladroit.

Elle se rassit, fière de sa blague, et se replongea, la tête entre les mains, dans les clichés de la scène de crime. Ses joues rondes, déformées par ses paumes, ressemblaient à deux petites brioches posées sous ses pommettes slaves. Aline et Julien, de l'autre côté de la pièce, n'avaient pas relevé la tête, Aline, occupée à recouper les quelques témoignages qu'elle avait recueillis auprès des prostituées et des promeneurs qui passaient « par hasard » à minuit dans cette zone non éclairée du bois de Vincennes, et Julien, casque vissé sur les oreilles, qui visionnait les bandes de vidéo-surveillance en écoutant une playlist de rock indé.

Personne ne s'était finalement aperçu qu'Antoine et Jean, son adjoint par intérim, étaient dans le bureau depuis deux minutes, croissants à la main, prêts à démarrer le traditionnel briefing du matin.

Ce ne fut que lorsque Julien cria « BINGO ! » que la vie reprit ses droits, et qu'Antoine se rappela à la présence de ses collègues.

— Bon, je suppose que Julien a quelque chose à nous dire.

— Ouep ! Je viens de me fader cinq heures de vidéo-surveillance, mais j'ai retrouvé la voiture de Louis. Regardez.

Il tourna l'écran vers ses collègues, et on vit la Ford Focus banalisée passer au niveau de la porte Dorée. Outre son visage, l'embonpoint du conducteur et la paire de bretelles rouge vif qu'il portait ne laissaient que très peu de doutes : Louis était arrivé seul au bois de Vincennes, à vingt-deux heures quarante.

Jean ne put s'empêcher de frotter ses mains comme deux silex, signe chez lui d'une étincelle de satisfaction.

— C'est plutôt un bon début, après, on ne peut pas savoir s'il n'y avait pas notre gus planqué sur la banquette arrière... Je viens d'appeler la BRP, Louis avait laissé son calibre au coffre. Je pense qu'il ne s'attendait pas à une embrouille...

Antoine donna la parole à Edwige.

— Pour ma part, j'ai appelé l'IJ[1]. Coup de bol, je suis tombée directement sur Dicton. Ils ont trouvé des dizaines de mégots tout autour... Avec un peu de chance, il y aura de l'ADN dessus, vu qu'il n'a pas plu. Sinon, je suis en train de préparer les réquises et j'ai appelé un serrurier pour aller perquisitionner l'appart de Louis... Quant à la poupée, dès qu'elle ressort du labo, je vais me pencher dessus... Tout en restant le plus loin possible...

Aline se pencha sur sa chaise et joua avec son stylo quelques secondes, dubitative, avant d'intervenir.

— Vous imaginez bien que niveau voisinage, avec Hakim, on a fait chou blanc. Personne n'a rien vu, rien entendu. Les filles qu'on a interrogées sont nigérianes et la plupart ne parlent pas français. Quant aux michetons qu'on a croisés, ils ont certes été coopératifs, mais pas très observateurs...

— Demain soir, on y retourne avec un interprète en pidgin, dit Jean. Hors de question qu'on passe à côté de quelque chose à cause d'une barrière linguistique. T'es d'accord, Antoine ?

---

1. Identité judiciaire : service de police scientifique rattaché à la PJ parisienne.

— On va encore se faire gronder parce qu'on dépense les sous de la Justice, mais oui. On fait ça. Hakim, je ne te fais pas l'affront de te demander si t'as quelque chose… C'est encore trop tôt, non ?

Le flic approuva d'un signe de tête tout en mordant dans un croissant, puis replongea vers son écran sous l'œil d'Edwige, attendrie par son mutisme. Antoine reprit la parole.

— Pour ma part, je vais aller voir la mère de notre victime avec le taulier ce matin, on fait un point à midi, vous continuez tous à gratter. Julien, t'essaies de remonter le trajet de Louis. Une dernière chose : personne ne contacte Philippe, OK ? Louis était son pote, et j'ai le sentiment que le taulier a une idée derrière la tête…

– 4 –

Michel Graziani avait raccroché le téléphone, groggy. Jean et lui semblaient tout droit sortis des rouleaux d'une station de lavage auto. Les silences de Valmy, au bout du fil, avaient résonné dans leurs oreilles comme le sifflement d'un corps qui, sous vos yeux, tombe droit dans l'abîme. Ils avaient eu l'impression de porter l'estocade à un homme à terre. La conversation téléphonique avait été entrecoupée de sanglots. La voix du flic était à peine audible, si bien que le chef de la Crim' avait, au bout de deux minutes, renoncé à son plan. C'était au moment où il avait mentionné les circonstances de la mort que le Valmy qu'ils connaissaient avait repris le dessus.

À cinq mille kilomètres de là, à travers les ondes capricieuses des antennes-relais nigérianes, par les chemins escarpés que traçaient les lignes sécurisées menant au téléphone de bureau de Graziani, une tension inhabituelle envahit la pièce. Jean et le commissaire, pragmatiques devant l'Éternel, ne surent dire si c'était sa respiration qui avait changé, ou s'il était habité d'une force qu'ils ne lui connaissaient pas.

Mais lorsque Philippe Valmy entendit parler d'une poupée criblée de cicatrices et du bois de Vincennes, il leur sembla que quelqu'un d'autre s'était emparé du combiné. La voix de leur ancien collègue s'était faite franche, assurée.

— Vous l'avez retrouvé dans le secteur des Nigérianes ?

— Oui, on n'arrive pas encore à faire le lien entre elles et Louis. Mais c'est vrai qu'un homme de la BRP dans ce coin-là, on a envie de creuser vers les réseaux de prostitution... Sans compter qu'on a cette poupée sur laquelle on n'arrive pas à mettre un sens... On dirait un truc à moitié vaudou. Il a peut-être été tué dans un rituel de magie noire.

Un silence s'empara de la conversation téléphonique. Valmy le rompit.

— Ce qui m'étonne, c'est l'arrivée de cette poupée dans ce secteur. À vrai dire, patron, et sauf votre respect, vous vous plantez quant à l'aspect vaudou de la poupée. Ces trucs-là, c'est du folklore pour Européens, et c'est une erreur grossière que de la mettre sur une scène de crime en lien avec les pratiques des Nigérians, qui sont des descendants yoruba. On a une image très erronée du vaudou en Occident, avec les histoires de sortilèges et de poupées. Outre le fait qu'il ne faut pas confondre le culte vaudou pratiqué en Haïti et dans les Caraïbes avec ceux pratiqués en Afrique, rappelons-nous qu'on n'est pas dans un film de Wes Craven. C'est une religion monothéiste, bien plus proche du christianisme que ne peuvent l'être d'autres comme l'islam ou le bouddhisme. Et pourtant, on se plante complètement là-dessus. Pas mal de sociologues ici pensent que c'est un héritage de la colonisation qui a cherché à diaboliser la religion pour imposer le christianisme et garder le pouvoir sur les autochtones… Mais le vaudou a perduré, et c'est même devenu un mode de gestion contractuel.

Graziani prenait des notes, frénétiquement.

— Vous voulez dire que ça a une valeur légale ?

— Presque. C'est un moyen qu'ont trouvé les populations locales pour pouvoir effectuer des transactions face à une justice plus corrompue. En gros, les gens ici ont bien plus peur de ne pas respecter leur parole face à un lwa yoruba que de se retrouver devant un juge qu'ils peuvent corrompre plutôt facilement.

Jean se pencha vers le combiné et parla très fort, comme tous ceux qui, à bientôt soixante ans, ne maîtrisaient pas les subtilités des haut-parleurs modernes.

— Et c'est quoi, une loi yoruba ?

— Non, mon Jeannot. Un lwa. Un lwa, c'est une divinité qui fait le lien avec Osanobua, le dieu créateur du monde. Il y en a plusieurs répartis selon plein de critères. Celui dont je veux vous parler, c'est Ayelala. C'est le plus facétieux de tous. Et c'est devant lui que les Nigérianes prêtent le serment du juju.

Graziani hocha la tête. En bon chef de brigade centrale, il lisait attentivement les rapports de synthèse de toutes les affaires que traitait la PJ. Et depuis quelques années, le mot *juju* apparaissait sans que personne sache vraiment de quoi il s'agissait. Valmy continuait son exposé, fébrile.

— Le juju, ça veut dire « grigri » en pidgin. En gros, c'est une sorte de talisman par lequel les filles sont liées à leur Madam, ou leur mama. La proxénète qui les exploite pour qu'elles remboursent leur dette.

Jean, qui regardait à ce moment-là une série à la mode avec ses filles, développait depuis quelques jours un nouveau champ lexical.

— Ce qui est chelou, c'est qu'on n'ait pas trouvé un juju sur les lieux, plutôt qu'une poupée vaudoue. Surtout si tu nous dis que c'est de la pipe, cette histoire de poupée. Mais comment tu sais tout ça, toi ? T'as fait un CAP d'ethnologue en arrivant au Nigeria ?

L'intonation de Valmy réussit à traduire un léger sourire.

— Quel langage fleuri, monsieur le procédurier... J'ai toujours aimé en savoir un maximum sur les endroits où je mets les pieds. D'aucuns diront que j'ai l'esprit ouvert, moi je pense qu'il y a aussi un petit fond de paranoïa de flic de base... Pour ce qui est de la poupée, il est aussi possible qu'on essaye grossièrement de nous attirer là-dedans. Faudrait que je voie la poupée...

Graziani s'approcha du combiné.

— Je me permets de vous corriger, Philippe... « Qu'on essaye de *vous* attirer là-dedans » ? J'ai cru comprendre que vous ne vouliez plus faire de terrain...

Jean fit un signe du pouce à son chef de service. Valmy, au bout du fil, accusait la pique. Graziani rompit le silence au bon moment.

— En revanche, votre connaissance du pays et des réseaux de prostitution nigérians pourraient me permettre de plaider un détachement auprès du directeur... Si l'air pollué de Paris venait à vous manquer...

— Le Nigeria ne manque pas de pollution, patron. Et je ne suis pas sûr d'avoir les épaules pour reprendre...

— Laissez-m'en juge, voulez-vous... Alors, je plaide quand même votre cause ?

— Je vous fais confiance, patron... Comme toujours.

— Très bien, je vous envoie le dossier par mail sécurisé, ça vous fera de la lecture pour l'avion.

Le flic qui sommeillait en Valmy, déjà réveillé depuis de longues minutes, était en train de s'étirer et se préparait à sauter du lit. Si elle éveillait en lui la litanie sourde de ses angoisses, la douleur de la mort savait aussi réveiller chez Valmy les instincts de chasseur, aussi destructeurs soient-ils.

– 5 –

La berline avançait lentement sur l'autoroute. Malgré le gyrophare bleu qui clignotait sans sirène, Graziani ne dépassait pas les limitations de vitesse et restait sur la file de droite. À la place du mort, le commissaire Atlan, chef de la Brigade de répression du proxénétisme, s'abîmait dans la contemplation de la route, la tempe collée à la vitre. Le soleil traversait le pare-brise et venait caresser d'un rayon doux la peau basanée du flic. Il ferma les yeux quelques secondes, bercé par la conduite souple de Graziani, et retourna dans le Tunis des années 1960 qui l'avait vu grandir. Son mètre quatre-vingt-dix et ses cent vingt kilos, son costume sur mesure et sa voix rocailleuse n'y faisaient rien : aujourd'hui, il était le petit Maurice à La Goulette, un gamin séfarade qui a fait une énorme connerie, et qui s'apprête à aller l'avouer, la peur au cœur, les mains dans le dos, en se triturant les doigts et en regardant ses pompes.

À l'arrière, Antoine ne pipait mot depuis une demi-heure. Épuisé par sa nuit, il suivait tant bien que mal ce que Jean lui avait appris en premier lorsqu'il était arrivé en PJ : « Quand tu as le temps de dormir, dors, quand tu as le temps de manger, mange, quand tu as le temps de pisser, pisse... Parce que tu ne sais jamais quand viendra la prochaine occasion... » Il ferma les yeux en repensant aux conseils de son procédurier. Seulement, son cerveau se transformait en film gore de série Z, et chaque fois que ses paupières se joignaient, le visage grimaçant de Louis se mêlait aux lueurs inquiétantes de la poupée et lui revenait par flashes.

En garant la voiture devant le bâtiment de pierres grises, les trois flics prirent, presque en même temps, une grande inspiration. C'est Atlan qui y pénétra le premier. Lorsqu'ils passèrent la porte, l'odeur caractéristique des maisons de repos vint les saisir au vif ; des relents de produits chimiques et de soupe lyophilisée qui embaument les couloirs des lieux où reposent les malades, qui rendraient hypocondriaque l'individu le mieux portant. Atlan avait pris soin de prévenir l'établissement, et les flics furent immédiatement reçus par un médecin. Graziani concentra son attention sur l'homme en blouse blanche qui se tenait devant eux. Pendant une seconde, il en avait oublié la raison de leur présence. Ce toubib était d'une espèce rare, surtout pour un chef de la Crim' : on ne lui trouvait aucune particularité physique. Ni grand, ni petit, ni gros, ni maigre, ni beau, ni moche. Tout ce que Michel Graziani avait pu remarquer, c'était une tendance exagérée à garder les pulpes de ses doigts jointes, formant devant lui une petite cage dans laquelle il regardait fixement, en expliquant aux deux commissaires et à Antoine, resté en retrait, pourquoi il ne serait pas chose aisée de faire comprendre à Yvette Lefort que son fils unique venait de mourir dans d'atroces circonstances. Il y avait à cela deux raisons.

La mère de Louis n'avait plus que quelques semaines à vivre, selon lui, et le choc, allié à la chaleur caniculaire, allait sans doute la précipiter dans la tombe. Le médecin leur confirmant par la même occasion qu'il était possible, pour une personne âgée, de mourir de chagrin. Antoine se surprit à se demander s'il était possible que Valmy se laisse couler, lui aussi, après ça. Et lui ?

Par ailleurs, cette chère Yvette, charmante au demeurant, était atteinte d'une maladie dégénérative qui, lors de sa dernière crise, l'avait fait hurler aux soucoupes volantes d'arrêter de tournoyer devant sa fenêtre à l'heure de son feuilleton. Elle ne vivait donc pas tout à fait sur la même planète que nous, même si elle comprendrait sûrement qu'elle venait de perdre son unique enfant. Les flics apprirent également que le commandant Lefort, en plus d'être un bon collègue, était un excellent fils qui amenait chaque dimanche à sa mère un vol-au-vent et de la langue de bœuf. La pensée d'un Tupperware plein d'abats alliée à l'odeur nauséabonde de l'EHPAD fit réprimer un haut-le-cœur à Atlan. Insensible au teint blafard du flic, le docteur les conduisit jusqu'à la chambre d'Yvette Lefort. Il avait été convenu qu'étant son soignant, il se chargerait de lui parler, et que les flics resteraient en retrait pour répondre à d'éventuelles questions.

Derrière le médecin et les deux commissaires, Antoine explora la chambre des yeux. Un linoléum grisâtre, des meubles en bois dont le seul atout était d'être fonctionnel, sur le lit médicalisé, un plaid en tricot sur lequel des poules menaient leur existence dans une basse-cour faite de gros fils de laine. Par la fenêtre, quelques arbres tentaient sans succès de masquer la grise ville de banlieue qui s'étendait autour du bâtiment. Yvette Lefort était assise sur un fauteuil, un roman posé sur les genoux, la télé allumée en sourdine sur un jeu. Quand le médecin était entré, elle lui avait adressé un sourire naïf, en râlant quasi immédiatement.

— Docteur, vous auriez pu me dire que vous étiez accompagné, j'aurais mis mes dents. De quoi j'ai l'air, maintenant ?

Le docteur ignora la remarque et retira ses lunettes à fine monture. De cet homme insignifiant s'échappait à présent une infinie douceur.

— Écoutez, Yvette. Ces messieurs sont de la police, et…

— Mon fils aussi est policier. Il est commandant ! Impressionnant, hein ?

Comme prévu, Atlan regardait ses pompes et triturait dans son dos ses gros doigts boudinés. Le médecin reprit.

— Justement, ces messieurs sont porteurs d'une triste nouvelle… Il est arrivé quelque chose de terrible à votre fils, Yvette…

Un silence s'installa, beaucoup trop long pour les quelques secondes qu'il dura. Le visage de la mère de Louis se crispa. Derrière les rides profondes comme des rigoles, l'expression des mères inquiètes…

— Comment ça, terrible ? Docteur…

Son ton était implorant, sa voix déformée par des trémolos.

— Votre fils est décédé, Yvette. Ces messieurs de la police sont là pour répondre à vos questions.

La vieille dame cria de toutes ses forces. Un cri éraillé par les années d'existence, par la guerre, le labeur, les joies, les peines. Quatre-vingt-dix ans de sentiments, d'émotions, aujourd'hui réduits à néant par le décès du commandant Louis Lefort, groupe Cabarets. Yvette Lefort trépassait avant son enveloppe charnelle. Elle se mit soudain à haleter. Le médecin s'approcha d'elle et tira la sonnette d'urgence. Sur les joues rebondies du commissaire Atlan, des larmes qu'il ne cherchait plus à cacher cherchaient leur chemin jusqu'à s'effondrer dans sa barbe naissante. Graziani tenta de rester digne, quand Antoine sentait ses jambes défaillir. Les trois policiers étaient à poil. Leurs cartes, leurs flingues et leurs costards à la con n'y faisaient rien. La douleur d'une mère était toujours trop lourde, même pour des épaules de flic…

– 6 –

La voix du commandant de bord, rendue trouble par les haut-parleurs, sortit Philippe Valmy d'un sommeil agité et inconfortable. Il allait atterrir à Paris, la température extérieure était de 38 degrés, non, il n'avait pas fait un bon voyage, et il se contrefoutait qu'on le remercie d'avoir choisi Air France. Son voisin, un Nigérian tiré à quatre épingles, lui adressa un sourire tendu. Ses lourds bracelets en or et son costume trois-pièces bleu électrique ne semblaient pas vouloir le protéger de sa peur de l'avion. De sa main gauche, l'homme serra son accoudoir et, de la droite, se saisit d'un grigri qu'il tritura pendant tout le temps de l'atterrissage. Valmy se saisit de sa propre amulette rangée dans la poche de sa chemise en lin, sous l'œil étonné de son voisin qui, la surprise aidant, vit filer plus vite les cinq minutes qui le séparaient de la terre ferme.

Le palpitant du flic s'accéléra à la seconde où il mit le pied sur le sol français. Cette terre qui l'avait vu naître le maudissait-elle aujourd'hui ? Élodie, Max, et maintenant Louis… En regardant défiler les valises sur le tapis roulant de l'aéroport, il sentit son cœur se serrer. Une fois la douane passée, il savait qu'il replongerait dans un univers qui le haïssait, et n'avait pour dessein que de le broyer. Il mettait les pieds en enfer et, comme à son habitude, entraînerait fatalement ceux qu'il aimait dans sa chute. Il sortit de la poche de son jean une boîte de Lexomil et en ingurgita un entier. D'ici une quinzaine de minutes, les substances chimiques agiraient, et il pourrait sentir le brouillard noir qui obscurcissait ses pensées se muer en nuage de barbe à papa. En plein milieu du processus, le sas du tapis roulant régurgita son sac à dos. Il l'enfila sur une épaule et alla récupérer son arme de service auprès du pilote, qui l'attendait dans le bureau des douanes. Groggy, il s'en saisit sans en sentir le poids. Il glissa son calibre dans un holster dissimulé dans son pantalon. En sortant, il sourit, sans savoir si c'était l'un des effets du médicament ou la scène qui se jouait devant lui. Au milieu de la foule, devant la porte des arrivées, Jean l'attendait dans un tee-shirt de The Clash moulant son ventre, qui aurait pu être bien plus rebondi au vu de son âge et de ses excès. Il avait décidé de ne pas déchausser ses Ray-Ban Aviator et tenait au-dessus de sa tête une pancarte « CHAT NOIR », en faisant semblant de guetter Philippe qui, sans oser se l'avouer, était un tout petit peu content de retrouver son groupe. Jean l'embrassa sans lui laisser le temps d'en placer une.

— Putain, Philippe, t'es bronzé. On dirait un reporter de guerre, avec ta chemise beige et tes yeux bleus.

Le sourire toujours triste de Valmy fit une timide apparition sur son visage.

— Le Nigeria, ça te transforme un condé parisien sur le retour en vieux play-boy de l'humanitaire. On y va, ou tu veux me faire visiter Roissy ?

Les deux flics montèrent dans la voiture de service, garée devant l'aéroport. Au moment où Jean mit le contact, son téléphone sonna. Pendant la minute de conversation téléphonique qui, pour sa part, se résumait à des onomatopées, Philippe sut que son programme changeait.

— Bon, tu ne vas pas aller poser ta valise tout de suite, annonça Jean après avoir raccroché. Direction le 36, Antoine veut nous voir. Apparemment, il y a une piste à remonter.

Philippe ne répondit pas, et colla sur le toit le gyrophare posé sur le tapis de sol. La conduite de Jean fit la suite. À peine arrivé sur le territoire, Valmy avait droit au slalom entre les camions sur l'autoroute A1. Il était neuf heures du matin, et ils arrivèrent au Bastion en trente minutes. Jean, qui avait quelques manies de pilote du dimanche, se félicita de son temps, qu'il estima comme un record personnel. Dans l'open space, le groupe était au complet. Quand il entra, l'ancien chef sourit en voyant que personne n'avait vraiment changé. Julien triturait sa mèche, adossé au mur, Hakim ne leva même pas les yeux de son ordinateur, et Aline l'accueillit avec un sourire et des yeux dans lesquels pétillaient de jolies bulles de joie. Valmy remarqua tout de suite la grande brune au nez en trompette qui occupait le bureau qu'il avait connu vide jusqu'à son départ pour le Nigeria.

— Bonjour, lieutenant Edwige Lechat. Je viens d'arriver dans le groupe.

— Salut Edwige, Philippe. Je suppose qu'ils t'ont parlé de moi.

— Seulement en mal, commandant.

— Ça fait pas longtemps que t'es en PJ, toi, non ?

— Je suis arrivée de commissariat il y a un mois.

— Et Antoine ne t'a pas dit que t'allais te griller en m'appelant commandant ?

Antoine rétorqua en levant les yeux au ciel. Dans son regard, on pouvait lire toute la satisfaction de celui qui était encore il y a peu un néophyte, et à qui, aujourd'hui, on ne la faisait plus.

— Je me tue à le lui dire, mais que veux-tu, il paraît que les nouveaux officiers sont un peu coincés.

Philippe se surprit à rire.

— Antoine, l'œil, la poutre, la paille… Tu connais l'expression, non ? Bienvenue dans le groupe, Edwige. J'espère que les vannes de Jean ne t'ont pas trop fatiguée.

— Si, mais j'ai une prime pour ça, c'est juste en dessous de la CSG sur ma fiche de paye.

L'irruption dans le bureau du commissaire Graziani mit fin au concours de repartie et installa un silence de plomb dans l'open space. Il toussota avant de prendre la parole.

— Mon cher Philippe, je vous souhaite un bon retour parmi nous. Si tout votre groupe vous attendait de pied ferme, il subsistait de nombreuses zones d'ombre quant aux conditions de votre retour. Je sors à l'instant du bureau du directeur, et voilà ce qui a été décidé. Vous êtes officiellement détaché comme consultant sur le dossier. Vous sortirez sur le terrain, vous nous ferez profiter de votre connaissance des réseaux nigérians, puisque c'est vers là que notre enquête se tourne… En revanche, vous ne récupérez pas votre habilitation OPJ[1], et Antoine reste chef de

---

1. Officier de Police judiciaire : statut permettant à un fonctionnaire de police, de gendarmerie, ou d'une autre administration

groupe. Vous passerez me voir dans mon bureau pour l'administratif.

Sans laisser à quiconque le temps de piper mot, le commissaire sortit du bureau. Jean leva les bras en l'air en signe d'impuissance

— Décidément, la méthode Graziani ne vieillit pas. Efficace comme pas deux. J'arrive, tout le monde la boucle, je donne des ordres et je repars avant que le plus rapide du groupe n'ait le temps d'émettre une objection…

— Bien, enchaîna Antoine. On va peut-être arrêter les salamalecs, et se souvenir qu'un taré a fourré une poupée vaudou (qui, d'ailleurs, ne l'est pas, je sais, Philippe) dans le ventre d'un flic et se balade dans la nature…

Depuis qu'Edwige s'était tue, Philippe n'avait plus rien écouté. Ses yeux étaient rivés sur le grand tableau, sur lequel étaient punaisées des photos du cadavre de Louis. Rien ne pouvait faire décrocher son regard des clichés de son meilleur ami, de son expression glaçante, de la mort qu'il avait vue de trop près et qui s'était imprimée dans ses pupilles. Antoine s'en aperçut et vint poser une main amicale sur son épaule, pendant que Jean couvrait les images macabres d'une feuille de paperboard vierge. C'était l'une des règles qu'avait imposées Antoine : toujours utiliser une feuille sur deux, pour pouvoir rapidement épargner l'horreur aux yeux d'une famille, d'un ami de la victime, d'un collègue sensible ou, dans ce cas, les trois

---

d'agir au nom du procureur de la République avec des prérogatives étendues.

à la fois. Valmy eut un léger mouvement de la tête avant de revenir parmi les siens. Il s'assit dans un coin de la pièce en silence et encouragea Antoine d'un air bienveillant.

— Bon, eh bien vas-y, chef, fais-moi un topo.

Antoine, gêné, bombait moins le torse que pendant les autres briefings.

— La victime est un commandant de police de cinquante-cinq ans, Louis Lefort. BRP, groupe Cabs. Il a été retrouvé mort il y a quarante-huit heures dans le bois de Vincennes, apparemment tué sur place. On l'a éventré, avant de placer dans son ventre cette fameuse poupée, sur laquelle on a collé de faux cheveux de type extensions capillaires qu'on trouve un peu partout. On a retrouvé son véhicule garé à quatre cents mètres, avec les clés planquées sous les roues. Il n'y avait que son ADN à l'intérieur. D'après les caméras de surveillance, il est arrivé seul vers vingt-deux heures trente au bois. On l'a retrouvé à vingt-trois heures. Le témoin était le client d'une prostituée, les deux n'ont rien vu, rien entendu. Niveau enquête de voisinage, on a fait chou blanc. Les filles qui travaillent dans le bois ont fait comme si elles ne comprenaient pas l'anglais… Alors que bon, c'est le coin des Nigérianes, et on sait très bien qu'au Nigeria, tout le monde parle anglais, alors on a décidé…

Philippe le coupa.

— Vous tirez des conclusions trop hâtives, les mecs. Au Nigeria, on parle un anglais qui s'appelle le pidgin, qui est assez complexe à comprendre pour un non-initié, et peut-être que les filles avaient du mal à comprendre l'accent des collègues…

— C'est pour ça qu'on a prévu d'y retourner ce soir avec un interprète, répondit Jean.
— Pour le reste, niveau téléphonie, Louis a arrêté de borner à vingt-deux heures cinquante à l'entrée du bois. D'après Hakim qui fait d'autres vérifs, aucun de ses contacts ne bornait dans le coin au moment des faits. Edwige est en train de remonter la piste des faux cheveux…

La jeune lieutenant prit la parole.
— Et j'ai peut-être une piste. Ils ne sont vendus que dans une quinzaine de boutiques, toutes à Château-d'Eau ou à Barbès, donc on devrait pouvoir remonter les achats par carte Bleue. Je me disais qu'on pourrait y aller et faire des réquises aux magasins.
— Pas idiot, reprit Antoine. Mais pour le moment, on n'a rien. Et comme Philippe l'a dit, c'est poreux comme communauté. Autant y aller avec du solide. En revanche, tu as pu remonter sur la poupée ?
— Affirmatif, c'est une poupée industrielle un peu transformée. C'est une petite entreprise basée dans le Jura qui les fabrique et les commercialise, elles sont vendues dans une vingtaine de magasins à Paris. J'attends qu'ils m'envoient la liste.
— C'est pas mal, ça, dit Antoine. Une fois qu'on aura la liste, on pourra croiser avec les achats de faux cheveux, si tant est que ça soit en CB… Ce soir, Aline, Philippe et Jean, vous allez me refaire une enquête de voisinage dans le bois, et en pidgin, cette fois-ci. Briefing terminé. Tout le monde au boulot…

Philippe leva la main.
— On en est où de ses fréquentations, ses indics, les affaires que Louis a traitées ?
— On voulait t'attendre pour s'en occuper, Philippe.

— C'est une connerie, il faut battre le fer tant qu'il est chaud. C'est ce qu'on aurait fait pour n'importe quelle autre victime, non ?

Antoine concéda...

— Bon, Aline, tu te mets sur le coup avec Julien. Vous épluchez tout ce qu'il a pu traiter jusqu'ici, ses indics, tout. Allez, bon courage à tous. Philippe, tu viens avec moi, le taulier nous attend.

– 7 –

À peine eut-il tourné la clé dans la serrure de son appartement rue de Turenne, qu'une odeur de renfermé vint agresser les narines de Valmy. Il posa prudemment son sac à dos et, d'instinct, chercha son smartphone pour en utiliser la lampe torche. Il se souvint alors qu'il s'en était débarrassé après que ce malade de Max, le tueur en série qui avait fait de lui un veuf dépressif, avait trouvé le moyen de lui envoyer des photos et de longs textes depuis sa cellule. De colère, il avait balancé son portable dans le lagon qui bordait Lagos et se jetait à corps perdu dans le golfe de Guinée. Il regarda le vieux téléphone que lui avait donné Sanagari. Peu de chances qu'il ait une option lampe de poche. Il avança donc à pas de loup, cherchant à tâtons le compteur électrique. Il se déplaçait sans aucune hésitation. Malgré la pénombre, son pied ne buta sur aucun des cartons entassés dans le salon, ceux qu'il avait méthodiquement remplis quand Élodie avait demandé le divorce. Face au disjoncteur, il renonça à appuyer dessus, colla son dos au mur qui y faisait face, et se laissa doucement choir. Une chute lente, accompagnée par le grincement plaintif du parquet. Trop lente pour se faire mal en tombant. Son dos s'apprêtait déjà à recevoir le choc, ainsi, ses synapses ne transmettraient à son cerveau aucun signal de douleur. Tout allait bien se passer... Son estomac se nouait doucement, Valmy sut qu'il allait craquer. Cela ne faisait aucun doute. Soudain, une brûlure irradia son coccyx. Le canon de son Glock 22, logé au creux de ses reins, était venu s'écraser contre le bas de son dos. En imaginant sa chute de coton, il avait oublié la présence de son flingue. D'instinct, il le saisit. Assis dans son couloir, il faisait face aux quatre portes fermées. En dessous de chacune d'elles, un rai de lumière que laissaient entrer les volets venait le narguer. Juste assez de clarté pour qu'il puisse distinguer la forme de son calibre, se le colle dans la bouche et en finisse avec cette atroce douleur, mais pas assez pour qu'il soit en mesure de voir son putain de disjoncteur, celui qui allait ramener la lumière. Par un ultime geste de survie, il éjecta son chargeur et le balança à l'autre bout de la pièce. Tout allait bien, puisqu'il ne chambrait plus de cartouche. Il s'était octroyé, depuis un an, un droit à la réflexion. La seconde pendant laquelle il tirerait sur la culasse de son flingue serait celle qui l'aiderait à se décider : faire feu ou pas. Si, face à cet enculé de Max, il avait eu cette seconde, il lui aurait peut-être troué le crâne, et ce psychopathe ne serait pas encore en train de le hanter. Au moment de prendre la décision, il n'avait pas réfléchi outre mesure. Tout était là, entre ses mains. Et les réflexes pavloviens acquis pendant vingt-cinq ans de séances de tir avaient fait leur œuvre : pas légitime défense, Valmy pas faire feu. À compter de ce jour, cette culasse tirée était devenue son ultime droit au libre arbitre. Contre lui-même ou contre un autre, c'est Philippe qui tirerait, ou non. Et pas le commandant Valmy.

Il resta assis un temps infini dans son couloir sombre avant, enfin, de se décider à laisser entrer la lumière. Quand il actionna le bouton, son appartement s'éclaira comme par enchantement. Le frigidaire se mit à ronronner, le bip du four le fit pénétrer quelques secondes dans le monde prosaïque que seuls savent invoquer les appareils ménagers. Il arpenta les quatre pièces de son appartement et entreprit d'ouvrir les fenêtres pour anéantir l'odeur tenace qui y régnait. Lorsque enfin l'air extérieur pénétra dans le salon, il était chaud et moite, étouffant. Dedans comme dehors, rien ne lui amènerait la moindre bouffée de fraîcheur. Valmy se vautra dans son canapé, le flingue déchargé posé près de lui, non sans avoir au préalable attrapé une bouteille de whisky qui traînait par là. Le voyant rouge de sa chaîne hi-fi lui fit de l'œil. Il se saisit de la tablette posée sur la table basse. Batterie vide. Il trouva alors le courage de se relever et de mettre un vinyle de Thelonius Monk sur sa platine.

Huitième mesure de *Round Midnight*, troisième gorgée de whisky. Il est quinze heures, et Philippe pleure à chaudes larmes. Celles qu'il a retenues pendant un an au Nigeria, qu'il n'a pas versées face aux prostituées de Benin City, qui n'avaient pas voulu pointer le bout de leur nez salé aux funérailles d'Élodie, qui n'avaient jamais coulé quand Max avait pris sa réclusion à perpétuité. Elles arrivaient, là, maintenant. Il les avait retenues au moment où l'avion avait posé son train d'atterrissage sur le sol français, quand il avait vu le panneau « PARIS » au niveau de la porte de Clichy, avait humé l'air électrique de la capitale.

Enfin, il réalisait que l'on ne pouvait pas quitter Paris. La ville qui l'avait vu grandir s'était subtilement rappelée à lui par des réflexes qu'il pensait perdus : une façon de s'adresser au patron du café en bas de chez lui, la manière qu'il avait eue de conduire la voiture de service entre le Bastion et la rue de Turenne, les mouvements félins, habiles avec lesquels il évoluait comme chez lui, dans les artères de la capitale.

La machine à laver qui lui servait de téléphone émit trois brèves vibrations. Jean…

— Alors ? Bien installé ?

— Comme un coq en pâte, mais les pieds dans la merde.

— Bien, si tu ne veux pas te faire voler dans les plumes par Antoine, tu ferais bien de te ramener au Bastion. Je te rappelle qu'on est supposés se retrouver à dix-sept heures pour aller voir un de tes anciens indics à Château-Rouge.

— On se rejoint dans un quart d'heure sur place, à l'angle du boulevard Barbès et de la rue Poulet.

La chaleur écrasante achevait de donner au quartier des airs de marché africain en plein cœur de Paris. Antoine et Jean, en costume, tentaient tant bien que mal de dissimuler leur gêne et leur arme de service, tandis que Philippe se sentait comme chez lui. Ils avancèrent le long de la rue Myrrha, dans les odeurs d'urine et de déchets alimentaires. Sans trop que l'on sache pourquoi, ou sans que l'on veuille s'en avouer les raisons, les services municipaux semblaient avoir décrété un service minimum dans les quelques artères encadrées par la rue de la Goutte-d'Or et la rue Doudeauville. Au milieu du trottoir, des hommes au teint hâlé, habillés de débardeurs troués, vendaient à même le sol yaourts périmés, téléphones portables à l'écran fissuré et montres *Cartyer*. L'un d'eux était en grande discussion avec une femme vêtue de wax, qui entendait bien repartir avec un chargeur de téléphone pour un euro, et pas deux, comme le réclamait le vendeur. Un jeune type hagard interpellait Philippe en criant « Marlboro, Marlboro ». De l'autre côté de la rue, les derniers stands du marché africain pliaient leurs étals en bradant du manioc et des bananes plantain, face à une petite foule qui se bousculait pour récupérer des cagettes à des prix défiant toute concurrence. Antoine, qui avait déjà travaillé sur une ou deux scènes de crime dans le secteur, ne s'y était jamais baladé. Jean était bien plus serein. Durant ses trente ans de police, c'était le seul quartier de Paris qui n'avait pas changé. Il savait qu'en poussant les portes délabrées des immeubles crasseux peuplant la rue, il allait sûrement trouver un tox en train de s'envoyer dans les veines une rasade d'héroïne, ou de fumer du crack dans une bouteille de lait transformée en pipe pour l'occasion. La gentrification parisienne n'avait pas encore eu raison de ces rues à l'aspect tiers-mondiste qui, dans un paradoxe saisissant, font l'âme de Paris et la honte de sa gouvernance.

Parmi les dizaines de magasins de cosmétiques afro, un sortait du lot. L'enseigne aux néons criards parvenait à aveugler les trois flics malgré le soleil qui, à son zénith, rendait déjà la lumière insupportable. Philippe stoppa net devant la devanture.

— C'est là.

Antoine s'amusa.

— Chez Tonton Amadou… Au moins, il est discret, ton indic.

— Antoine, est-ce que je t'ai déjà emmené dans des plans pourris ?

— Philippe, le dernier des tontons que tu m'as présenté s'est révélé un tueur en série…

— T'es un peu plus psychologue qu'avant, mais il te reste pas mal de boulot, gamin… dit Valmy d'un ton sec en entrant dans le magasin.

– 8 –

À l'intérieur, quelques femmes comparaient les extensions pour cheveux pendant que, sur le trottoir, deux hommes devisaient autour de canettes de bière vides. Antoine et Jean, qui avaient vite résolu l'équation alcool, chaleur, début d'après-midi à Barbès, étaient sur leurs gardes. À peine les trois flics eurent-ils posé le pied sur le carrelage du magasin que la climatisation vint violemment leur rafraîchir les idées. En quelques secondes, une voix forte s'éleva de l'arrière-boutique.

— Trois Blancs dans mon magasin… Franchement, Philippe, tu veux qu'on pense que j'ai des soucis avec la mairie, ou quoi ?

Le rideau de perles cliqueta, et une silhouette massive apparut. Vêtu d'une chemise bariolée et d'un pantalon prince-de-galles, un homme tout en rondeur vint gratifier Valmy d'une franche accolade. Jean ne put s'empêcher de remarquer ses sourcils hauts et ses lunettes à double foyer qui, en dépit de son mètre quatre-vingt-dix et de ses cent trente kilos, lui donnaient un air étonné et inoffensif à toute épreuve.

Valmy prit immédiatement les devants et répondit au geste d'affection de Tonton Amadou.

— Comment vas-tu, Tonton ?

— Décidément, je ne m'habituerai jamais à ton accent parisien, Philippe. Qu'est-ce qui t'amène ? Je te croyais au Nigeria. Et surtout, pourquoi es-tu accompagné ?

— On peut aller dans ton bureau ?

— Vous êtes mes invités. Une petite Malta Guinness ?

Antoine se raidit dans son costume de premier de la classe.

— Non merci, pas d'alcool pendant le service.

Amadou éclata d'un rire sonore.

— Ce n'est pas parce qu'il y a Guinness dans le nom que c'est de l'alcool. Je suis musulman, cher ami. Je me suis donc résolu à ne point goûter aux plaisirs de l'ivresse. Allez, je nous en débouche quatre.

Philippe fit un signe apaisant à Antoine qui adressa un sourire à leur hôte. Amadou s'exprimait dans un français châtié, et avait une fâcheuse tendance à regarder son interlocuteur par-dessus ses lunettes, ce qui donnait à l'air surpris du colosse camerounais un côté inquisiteur.

Une fois dans le bureau, Valmy entra tout de suite dans le vif du sujet.

— Bon, Tonton, j'ai dû rentrer du Nigeria pour une affaire très importante...

Amadou le coupa et se fit grave.

— Je sais déjà, Philippe. Toutes mes condoléances pour Louis.

— Tu sais qui a fait le coup ?

« Tonton » posa ses mains sur la table.

— Pour qui me prends-tu ? Je suis un honnête commerçant. Si j'avais eu vent de l'identité de l'assassin, je t'aurais tout de suite appelé.

— OK, OK. Tu peux quand même nous aider à y voir plus clair, non ?

— Dis toujours, se renfrogna Amadou.

— On a trouvé une poupée à proximité du corps. Il y avait des extensions de cheveux scotchées dessus. Tu pourrais y jeter un œil et nous dire si ça te dit quelque chose ?

Joignant le geste à la parole, Philippe lui montra le cliché de la poupée qui faisait trembler les flics les plus aguerris du 36.

— Le cousin Sanagari ne t'a pas prévenu ? Je ne suis pas un vaudou ! Il faut arrêter de penser que parce que j'ai la peau noire, je sais quelque chose des traditions d'autres pays. Tu t'y connais en divinités suédoises, toi ?

Valmy durcit le ton.

— Amadou, ne joue pas les vierges effarouchées avec moi. Tu as des antennes partout. S'il se passe un truc à Paris, tu es au courant. Que ce soient des Noirs, des Blancs ou des Martiens, ça te revient aux oreilles. Alors, maintenant, tu vas me dire ce que tu sais. Parce que je viens d'atterrir et que tu es la toute première personne que je vois, donc je suis patient. Mais tu sais très bien à quel point on peut me considérer instable depuis l'histoire de Max. Alors ?

Amadou émit un rire sonore.

— Philippe, je ne sais rien de plus. En revanche, toi, tu devrais en savoir plus que moi. Il paraît que Louis a été retrouvé dans le secteur des Nigérianes, et ta poupée, là, je te confirme que c'est du vaudou pour les nuls. Ça doit vouloir dire que celui qui a fait cela est soit un Nigérian qui ne connaît rien à ses traditions, soit un type qui veut se faire passer pour un Nigérian et qui n'y connaît rien non plus. Par conséquent, à mon humble avis, tu cours après un béotien. Maintenant, mon ami, si ça ne te dérange pas, j'ai une boutique à faire tourner, et les lwas n'ont jamais rempli mon tiroir-caisse.

Le flic se leva, imité par ses collègues.

— Merci, Amadou. On va essayer de se démerder avec ça. Et merci pour la Malta. Sanagari t'a dit que j'aimais ça, non ?

— Je l'aurais deviné tout seul. En attendant, va à cette adresse. Il y traîne souvent un marabout nigérian, il en saura sûrement plus que moi. Et évite d'y aller avec tes *Men in Black*, ça ferait mauvais genre.

Amadou griffonna quelques mots sur une feuille volante, et sortit en même temps que les flics pour demander aux deux hommes qui squattaient devant sa boutique de quitter les lieux. Ils s'exécutèrent sans mot dire et Philippe, Antoine et Jean regagnèrent leurs voitures, avec la sensation désagréable qu'à leur passage, plus encore qu'à l'aller, les conversations cessaient...

– 9 –

Je tremble comme une feuille depuis trois jours. Les bruits, le cri de cochon que l'on égorge de ce flic, l'odeur des organes mélangée à celles de la forêt… Tout me revient, et je déteste ça. Je déteste ça, et pourtant, je dois te venger, Michimaou. Ils n'avaient pas le droit, et j'accomplirai mon office. Dans la douleur, dans le sang. Mais je l'accomplirai. Mes mains sont calleuses, mes muscles, bandés. Prêts à infliger les supplices nécessaires. Je m'apprête à bondir, puis me retiens. Encore quelques minutes…

Dans ma tenue de sport en Lycra, je tente de suivre les mouvements d'un coach qui va trop vite pour moi… Pour tout le monde, apparemment. Le type à côté de moi a un regard de possédé. Il sue.

Je n'ai jamais compris cette tradition des salles de sport. S'enfermer dans des espaces confinés pour suer à plusieurs en écoutant de la musique électro me dépasse. Peu m'importe. Ce que j'attends est là, à portée de ma main. Avec son regard bas et son gros nez, cet abruti n'a pas reconnu mon visage. Tu parles d'un flic... Une flaque de sueur a envahi le dos de son tee-shirt moulant. Ses épaules larges et ses trapèzes saillants m'impressionnent. Il sera beaucoup moins facile à maîtriser que l'autre... Mais de ce que j'ai vu, il est moins malin.

— Allez, dans le fond, on se remue...

Le coach me regarde, je lui obéis. Par réflexe... Parce que je ne veux contrarier personne et pas me faire remarquer, je termine tant bien que mal l'heure d'exercice avec, autour de moi, tous ces corps bien faits, dans un mélange fétide de sueur et d'odeur de plastique de textiles prétendument absorbants...

L'eau chaude ruisselle sur mon corps, ça me fait un bien fou. Je ferme les yeux quelques secondes, et, comme chaque fois, des paysages arrivent dans ma tête. Des plaines vertes à la végétation touffue dansent devant mes yeux. L'image de Michimaou, violente, vient balayer les paisibles prairies... Ma cible ne doit pas m'échapper.

En m'habillant, je pense à son supplice. Mon couteau est dans mon sac, avec la poupée que m'a donnée Ricky. Je me dépêche et sors du vestiaire. Il est là, devant le comptoir, en train de plaisanter avec le coach. Il lui serre la main et se dirige vers la sortie. Je lui emboîte le pas, j'essaye de prendre l'air détaché. Difficile...

— Alors, cette séance d'essai... On se revoit la semaine prochaine ?

Putain de coach ! Il va essayer de me vendre son abonnement. Je vais perdre la trace du flic... Je passe devant lui en baissant les yeux et me précipite dehors, si vite qu'il n'a pas le temps de dire quoi que ce soit… Je cours pour rattraper mon gibier. Je ne le vois plus. *Shit !* Autour de moi, la foule bourdonne. J'aperçois sa casquette qui s'engouffre dans une bouche de métro. S'il avait été plus petit, il aurait eu la vie sauve.

Nous sommes dans la même rame de métro. Il ne me voit toujours pas. Trois arrêts plus tard, il marche à dix mètres devant moi. Dans un quartier où tous les immeubles se ressemblent. Blancs, carrés, avec les mêmes balcons, et que bordent les mêmes bosquets dans lesquels des mamies trop seules viennent faire pisser des caniches neurasthéniques. Il ouvre la porte du sien. Je cours pour la retenir. Elle se referme vite. Au dernier moment, je pose ma main sur la poignée…

Me voilà dans sa cage d'escalier. Je monte les marches quatre à quatre, jusqu'au troisième étage. Là, je le vois devant sa porte. Trois jours que je le suis… Il vit seul… Je sais déjà tout de lui… Au moment où il met la clé dans la serrure, je m'élance comme un fauve…

– 10 –

Les odeurs de sueur rendaient le trajet insupportable au capitaine Queffelec. Cloîtré dans une rame de la ligne 13, il tentait de se concentrer sur son roman en regardant s'éteindre, au fur et à mesure, les petites loupiotes qui, au-dessus des portes du métro, habillaient le plan de la ligne. Son gros sac de sport posé entre les pieds, il n'arrivait décidément pas à plonger à corps perdu dans ce roman policier, pourtant réaliste. De toute façon, ce n'était pas ce qu'il lisait habituellement. Il préférait les grands récits de voyage, de ceux qui vous transportent cent ans plus tôt aux Indes ou en Afrique. De ces bouquins dont on ressort la chemise moite, même à un arrêt de bus de Dunkerque en novembre.

Victor cherchait tout simplement à se mettre dans le bain. Sept ans qu'il était chef d'unité judiciaire au commissariat du XVIIIe. Sept longues années à rêver de la Brigade criminelle, de meurtres complexes, d'intrigues à couper le souffle qui balaieraient d'un revers de manche les vendeurs de Subutex et les pickpockets de Montmartre qui défilaient chaque jour dans les geôles de son service. Et la Crim' était là, à portée de métro.

La Fourche. Plus que deux arrêts, et il arriverait à Porte-de-Clichy. Il marcherait ensuite plus de cinq cents mètres pour rejoindre le Bastion. Depuis quelques semaines, il avait changé son habituel itinéraire de jogging, et traversait trois fois par semaine le parc Martin-Luther-King, en partant de son appartement de République. Une belle sortie de quinze kilomètres, qui lui permettait de passer devant le Bastion. Chaque fois, il adressait un timide signe de tête au planton qui se tenait devant le parking, un gilet pare-balles de vingt kilos sur les épaules. Six mois qu'il avait repéré le trajet, six mois qu'il s'imaginait, enfin, se présenter à l'accueil avec sa carte de flic en disant « Je suis affecté ici, c'est mon premier jour ». Victor Queffelec était un incorrigible rêveur, un éternel déçu, tant la réalité n'était jamais à la hauteur de son imaginaire. Seulement, il aurait préféré ne pas être affecté en pleine canicule. Il faisait attention à ne pas trop transpirer, mais l'étouffante rame du métro 13 rendait cela impossible. « Bon Dieu, il fallait que ça t'arrive, à toi… » Lui qui ne croyait plus en rien depuis que des catholiques intégristes descendaient dans les rues en déniant aux homosexuels le droit de fonder une famille, ne s'était pourtant jamais départi de ce genre de blasphèmes, entendus maintes et maintes fois quand sa famille se réunissait après la messe de Noël à Lamballe.

Un coup d'œil par la fenêtre. Merde, Porte-de-Clichy… Il saisit son sac à la hâte et sortit sous les quolibets des usagers qu'il avait bousculés. Sa chemise blanche était imprégnée de sueur, et son jean gris lui collait aux cuisses. Ses cheveux mi-longs étaient trempés, à tel point que quelques mèches s'étaient collées sur son front, lui octroyant de désagréables démangeaisons. Il décida de marcher les bras écartés, à contrevent pour faire sécher le tissu au plus vite.

En début d'après-midi, après avoir réglé toutes sortes de formalités administratives, Victor s'était assis face au commissaire Graziani, qui ne lui accorda pas plus de cinq minutes. Le capitaine Antoine Belfond avait besoin d'un adjoint, le lieutenant Edwige Lechat n'en avait pas encore les épaules et, par un jeu de chaises musicales dont seul le ministère de l'Intérieur avait le secret, il avait débarqué pile au début d'une affaire difficile.
— Félicitations, monsieur Queffelec. Vous intégrez mon groupe le plus soudé et le moins conventionnel. Suivez-moi, je vais vous faire les présentations.

Quand Victor pénétra dans l'open space, personne ne lui prêta attention. Hakim décryptait des dizaines de chiffres sur son écran, Edwige était au téléphone, avachie sur sa chaise, les pieds sur son bureau, Julien et Aline étaient partis interroger de nouveaux témoins et Jean était en train d'assister avec Antoine à l'autopsie de Louis. Quand ils virent le taulier entrer dans le bureau, Hakim ne décolla pas les yeux de son écran et Edwige manqua de tomber à la renverse en rectifiant sa position. Victor les salua timidement. À l'instant où il vit que la nouvelle recrue savait interagir seule avec ses collègues, le patron de la Crim' prit congé et laissa le timide Victor livré à lui-même. Hakim, qui savait reconnaître un introverti, sortit de son mutisme et se fit extrêmement sympathique avec ce nouveau collègue, sur lequel Edwige avait entrepris de poser un regard qu'elle pensait discret.

— Salut, alors c'est toi, le nouvel adjoint d'Antoine ? Je m'appelle Hakim, et là, c'est Edwige.

La jeune lieutenant salua son nouveau collègue d'un geste furtif avant de se remettre à téléphoner aux fabricants de poupées. Il lui répondit d'un distrait signe de tête avant de s'adresser à Hakim.

— Il paraît que vous êtes sur un dossier compliqué ?

— Ouais, un collègue retrouvé mort dans le bois de Vincennes, on lui a ouvert le ventre avant d'y mettre une sorte de poupée vaudoue de fabrication semi-artisanale. Le collègue travaillait au groupe Cabs de la BRP. C'était l'ex-binôme de notre ancien chef de groupe, Philippe Valmy, qui fait à présent de la coopération internationale au Nigeria. Je suppose que tu as entendu parler de l'histoire du tueur d'escorts, il y a un an...

— Oui, bien sûr. C'était votre groupe ?

— « Notre » groupe, mon pote. T'es dans la galère avec nous, maintenant. Et comme on a retrouvé le corps dans le coin où travaillent les filles nigérianes à Vincennes, il n'en a pas fallu plus au taulier pour décider de le faire revenir du Nigeria comme consultant sur l'affaire. Il est arrivé ce matin. Après l'autopsie, ils doivent aller voir un de ses indics à Barbès avec Antoine et Jean, notre procédurier. On les retrouve ici à dix-huit heures trente pour faire le point.

— OK, donc on est cinq dans le groupe, plus Valmy qui est détaché ?

— Non, avec toi on est sept. Trois ripeurs[1] : moi, Julien et Aline, qui sont partis récupérer des bandes de vidéosurveillance et faire l'entourage de Louis,

---

1. Ripeurs : dernières recrues d'un groupe de la Brigade criminelle, en charge des tâches lourdes et fastidieuses.

Edwige, Jean le procédurier et Antoine, le chef de groupe. Avec toi comme adjoint, ça fait sept, et Valmy qui est revenu, ça fait huit.

— Et c'est pas bizarre pour lui de ne plus être chef de son ancien groupe ?

Hakim se mit à rire.

— Tu déconnes ? Il est soulagé comme pas possible. Tu ne le connais pas, mais il déteste le commandement. Quand on bossait sous ses ordres, il ne supportait pas les rapports hiérarchiques. C'est un excellent flic, avec un flair à toute épreuve. Mais c'est le pire manager que je connaisse.

— Et il a bien vécu l'histoire de son indic tueur en série ?

Le sourire qu'affichait Hakim s'effaça, et le flic baissa les yeux en se dirigeant vers son ordinateur.

— À ton avis, mec ? C'est pas à moi de te faire la météo de l'esprit de Valmy, mais si tu veux un conseil, pour l'instant, évite le sujet…

Victor sentit qu'il avait fait une boulette et tenta de se rattraper.

— Et vous explorez quoi, comme pistes ?

Un silence de quelques secondes s'installa. Hakim était déjà retourné à son monde de chiffres et d'écran. C'est Edwige qui vint à la rescousse du nouveau, qui maudissait encore sa maladresse.

— Pour l'instant, on n'exclut aucune piste, même si on sent qu'on va devoir aller gratter sévère du côté des réseaux nigérians. On fait un point sur l'affaire deux fois par jour. Le matin vers neuf heures, et le soir à dix-huit. Antoine aime bien tout savoir et tout contrôler. Je ne suis pas là depuis longtemps, mais en gros, le mot d'ordre entre nous, c'est transparence absolue, sauf sur un point : Valmy ne nous donne le nom de ses indics que s'il en a envie. Apparemment, il a les numéros de tout Paris, et il veut les garder pour lui. Un réflexe de vieux flic…

— De bon flic, corrigea Hakim sans lever les yeux de son ordinateur.

Pendant que Victor lisait les premiers actes de procédure avec Edwige, Julien et Aline arrivèrent dans le bureau en plaisantant. Victor leva les yeux. De là où il était assis, ils ne le voyaient pas. Le jeune capitaine se racla la gorge. Les deux ripeurs lui adressèrent des regards surpris. Edwige prit les devants, et présenta Victor comme le nouvel adjoint d'Antoine. Il fit une bise à Aline, et salua Julien. Les deux hommes échangèrent une longue poignée de main. Victor, qui sentit sa main droite devenir moite, la retira brusquement.

— Salut, capitaine Queffelec. Enfin, Victor, quoi…

Julien resta muet quelques secondes. Assez pour que sa collègue comprenne qu'il fallait qu'elle intervienne.

— Salut, moi c'est Aline. Et là c'est Julien, on est les deux autres ripeurs dont cet impoli d'Hakim a dû oublier de te parler. Bienvenue dans le groupe. On allait descendre s'en griller une avec Julien. Tu clopes ?

Le jeune capitaine balbutia.

— Euh, ouais, bien sûr, mais euh… j'en ai pas, là…

— Et ben c'est pas grave, je t'en paye une.

Ils descendirent dans la petite cour du Bastion où se retrouvaient tous les flics fumeurs de la PJ. Ce que ne savait pas Victor, c'était que ces cinquante mètres carrés de bitume étaient une mine d'informations plus importante que ne pourrait l'être n'importe quel fichier de la Police nationale. Tous les fumeurs du 36, rue du Bastion s'y retrouvaient, pour beaucoup à heure fixe, pour discuter de la pluie et du beau temps. Aline et Julien avaient compris depuis longtemps que c'était le meilleur moyen d'obtenir des renseignements de la part de la BRP sur les réseaux de prostitution qui les intéressaient, et auxquels ils ne connaissaient rien. Victor, lui, tentait vaguement de se remémorer sa dernière clope, un ou deux ans avant, lors d'une soirée trop arrosée. Il ne pouvait détacher ses yeux de son nouveau collègue. Quand il toussa après avoir pris sa première bouffée, Aline adressa à Julien ce regard empreint de complicité et de lourdeur, que seuls peuvent avoir les amis à qui rien n'échappe…

– 11 –

Quand je surgis derrière lui, il fait immédiatement volte-face. Son visage revêt une expression encore plus hébétée que chez les autres. Il n'a pas le temps de comprendre ce qui lui arrive. Je le sèche d'un énorme coup de poing sur le nez, qui se brise au contact de mes phalanges – qui, je le sais, seront douloureuses pendant des jours à compter de cet instant. Pour le moment, je ne sens rien, ni n'entends rien de ce qu'il se passe autour. Il n'a, semble-t-il, pas eu le temps de crier. Un point pour moi. Le choc de mon coup l'a projeté à l'intérieur de son appartement. Il chute dans l'entrée, et je me précipite sur lui pour lui appliquer le mouchoir d'éther que j'ai préparé. Il dort, enfin. J'ouvre mon sac à dos à même le sol, et prépare les concoctions que m'a données Ricky. Je les applique sur ses membres. Si ça fonctionne comme sur le gros, je ne risque rien. Quelques minutes plus tard, il ouvre les yeux. En une fraction de seconde, son regard change, ses pupilles passent en myosis, il me regarde comme si j'étais le diable. Des larmes coulent le long de son visage. Il aimerait me supplier, mais le mouchoir que je lui ai enfoncé au fond de la gorge l'en empêche. J'ai de la peine pour lui, je suis à deux doigts de m'arrêter, quand Michimaou me vient en tête. Je déteste tellement ça… Mais je dois le faire… Pour lui… Ses muscles se contractent, il cherche à bouger, mais les concoctions de Ricky fonctionnent. Il renifle et morve sans cesse, je n'arrive pas à le calmer. Je pense à Ayelala, aux sacrifices toujours plus grands qu'il me demande… Posée au sol, à côté de mon couteau de chasse, attendant son heure, la poupée me regarde de ses yeux mauvais. Lui s'est oublié dans son pantalon, l'odeur est ignoble. En finir. Vite. Je me lève et fais le tour de son appartement. Rien. Sur le buffet, un flingue est posé négligemment. Je m'en saisis et le fourre dans mon sac. Dans son sac de sport, je trouve son portefeuille et l'ouvre. Elle est là, sa satanée carte bleu-blanc-rouge. Je la dépose auprès de lui, comme me l'a demandé Ricky. Je me saisis du couteau et prononce la prière que j'ai apprise par cœur. Je lui surélève la tête pour qu'il voie, et plante doucement la lame dans son estomac avant d'y faire une large et profonde entaille. Ses yeux se révulsent, il tombe dans les pommes. Hors de question, il DOIT voir. Je lui colle une énorme gifle qui le fait revenir à lui. Ses doigts bougent tout doucement, il pense avoir une chance de s'en sortir, mais il sera mort avant de pouvoir se défendre. Je lui montre la poupée, que je tiens par les cheveux, et lui hurle dessus. Pas le choix, tant pis pour les voisins. Enfin, je me taillade le poignet au-dessus de son ventre, et y fourre la poupée. En voyant ses entrailles, en sentant l'odeur que renfermait son ventre musclé, il s'évanouit à nouveau. Cette fois-ci, je le laisse partir… En quelques soubresauts, la vie quitte son corps. Je me lève, les mains couvertes de sang. Mes gants sont souillés, je les rince dans l'évier de la cuisine avant de les remettre dans mon sac. J'en enfile une nouvelle paire, et quitte l'appartement avec la satisfaction du devoir enfin accompli et l'impression de flotter sur un nuage de coton...

– 12 –

La canicule se faisait moins étouffante, et le ciel avait revêtu un voile de gris propre au regard d'une veuve. La clim tournait à plein régime dans les bureaux du Bastion. Antoine et Jean venaient de partager un café avec Victor, pendant que Philippe était allé traîner dans les bureaux de la Brigade de répression du proxénétisme à la recherche de quelques informations. Faisant fi de la circulaire de 1988 qui interdit la consommation d'alcool dans les locaux de police hors la présence d'un commissaire (circulaire qui, dans l'imaginaire de nombreux policiers, avait été rédigée par un commissaire vexé de n'être jamais invité aux sauteries entre collègues), Antoine avait sorti du réfrigérateur sept bières et un Coca pour Hakim, qui, pour d'obscures raisons, se refusait à consommer de l'alcool avant vingt heures. Et personne, en aucune circonstance, n'avait jamais réussi à lui faire déroger à ce principe. Hakim était un flic obsessionnel, ce qui, pour beaucoup, pourrait faire office de pléonasme. Nous dirons alors qu'Hakim était un type bourré de *tocs*, qui rendaient sa vie impossible et son travail impeccable. Avant le début du briefing, Victor prit la parole et proposa au groupe d'aller boire un verre pour fêter son arrivée.

Antoine, que le retour de Philippe avait rendu plus jovial que d'habitude (le challenge n'était pas grand, convenons-en), proposa de mener le briefing dans l'arrière-salle de chez Lili et Riton, un bistrot place Edgar-Quinet où le groupe avait ses habitudes. C'était en effet devenu une tradition, pour la plupart des membres de la PJ, de s'éloigner le plus possible de leur nouveau quartier général qu'ils abhorraient. Par provocation ou simplement par inconscient collectif, il était plus que rare de trouver, autour de la porte de Clichy, des flics qui boivent des coups après le service, comme il en était coutume dans les pubs du quai des Grands-Augustins, en face du vrai 36, quai des Orfèvres.

La circulation parisienne qui, un soir de semaine en période de canicule, prenait des airs de Jakarta, avait fait son œuvre, et les flics arrivèrent dans le bar à vingt heures cinq, pour le plus grand bonheur d'Hakim. Tous autour d'un verre, dans une arrière-salle remplie de caisses en plastique à l'effigie de marques de bières, les membres du groupe d'Antoine Belfond consumaient clope sur clope – quand on peut fumer dans un bar parisien, même les non-fumeurs s'y mettent. Et chacun rapportait les fruits de son travail du jour.

Victor Queffelec était aux anges. Il mettait enfin les pieds à la PJ. La vraie, celle que lui avaient contée les romans de Simenon lus à la lumière d'une lampe frontale sous sa couette Batman, quand il n'était encore qu'un enfant. Dans cette vraie PJ, il y avait un ripeur obsessionnel, une grande gueule du Sud-Ouest un peu garçon manqué, une jolie lieutenant aux airs de princesse russe, un procédurier sorti tout droit d'un concert de Kiss, un chef de groupe aux airs de grenouille de bénitier, et un ancien flic buriné au cœur lourd comme sa douleur, dont le regard de glace en a beaucoup trop vu. Il y avait aussi ce grand échalas au visage doux, qui ne lui avait presque pas adressé la parole, et sur qui ses yeux tentaient tant bien que mal de ne pas s'attarder…

Ce fut le mot « autopsie » prononcé par Jean qui lui fit brusquement reposer les pieds sur terre. Victor avait toujours eu cette faculté de laisser s'échapper son esprit sans que personne s'en aperçoive.
— D'après le légiste, Louis Lefort est décédé peu avant qu'on ait découvert son corps. Si on recoupe l'heure d'appel au 17 et les horaires auxquels on l'a vu passer sur les caméras, on a un créneau de trente minutes entre vingt-deux heures trente-cinq et vingt-trois heures zéro six. Il est mort des coups de couteau qui lui ont transpercé l'estomac. La lame faisait, d'après le légiste, une trentaine de centimètres, et les coups ont été portés avec une telle violence que la main du tueur s'est enfoncée dans le ventre de Louis, ce qui a eu pour résultat de lui transpercer la rate et le foie et de causer une mort quasi immédiate. On a retrouvé dans l'estomac des fibres textiles qui correspondent sans doute à la poupée qui est en train d'être analysée au labo. Il avait deux hématomes derrière les genoux, et des traces d'éther sur le visage. À mon avis, le tueur a dû l'approcher par-derrière, lui coller

un mouchoir sur la bouche et lui faire une béquille. Ce qui est étonnant, c'est qu'on n'ait pas trouvé assez de traces d'éther pour qu'il ait été complètement dans les vapes...

— Ça veut dire que le mec l'a endormi, puis réveillé ? C'est chelou, non ? intervint Julien, silencieux depuis le début de la réunion.

— À mon avis, il l'a fait pour que Louis assiste à sa mise à mort, ou pour brouiller l'heure de la mort. On ne peut rien exclure, même si c'est « chelou », gamin...

Edwige, comme chaque fois qu'elle réfléchissait, touchait de la pulpe de son index le bout de son nez retroussé.

— Je sais qu'on n'a rien vu sur la scène de crime, mais le légiste a relevé des traces de contention sur les membres de Louis ?

— Négatif.

— Ça tient pas debout. Louis fait cent trente kilos et un mètre quatre-vingts. S'il a pris le risque de le garder éveillé, il fallait qu'il s'assure qu'il ne bouge pas, non ?

— Très juste. Il l'aurait attaché avec des liens qui ne laissent pas de traces ?

— J'ai passé toute la zone au peigne fin, le corps était à trois mètres au moins du premier tronc d'arbre. À quoi le tueur aurait bien pu attacher les liens ? demanda Aline, fébrile.

Jean relut le rapport d'autopsie que lui avait fourni, avec une exceptionnelle rapidité, le médecin légiste.

— C'est peut-être rien, mais le médecin a relevé des traces d'extraits de plantes et de terre glaise sur les membres. Il ne peut pas nous dire ce que c'est, mais apparemment, c'est pas de la flore qu'on trouve dans le bois de Vincennes.

S'installa alors l'un de ces silences pendant lesquels on peut presque entendre les cerveaux mouliner ; de ces instants en suspension que connaissent tous ceux qui ont un jour disputé une partie de Scrabble. Philippe le brisa.

— C'est peut-être une concoction qui a paralysé Louis pendant que le tueur était au travail.

— Non mais ça n'existe pas, ça, Philippe, lui rétorqua Antoine, d'un ton plus agressif qu'il ne l'aurait voulu.

Valmy, d'ordinaire gouailleur, lui lança un regard noir.

— Dans cette enquête, on a tout faux si on reste fixé sur ce que l'on sait, Antoine. Crois-moi, je ne vais pas me mettre à te parler de magie noire, tu n'en dormirais pas de la nuit. Mais les marabouts que j'ai pu croiser ont des remèdes à base de plantes pour à peu près tout, certains même plus efficaces que nos médocs. Il suffit qu'on ait appliqué sur les membres de Louis une racine anesthésiante pour que l'autre timbré procède à sa mise en scène. Tu as vu le corps, moi pas. Mais de ce que j'ai pu lire, ça ne lui a pas non plus pris vingt heures de lui planter un couteau dans le bide et d'y mettre sa poupée à la con. Donc, même si la potion n'est efficace que quelques minutes, ça peut coller. Je vais me renseigner auprès d'une source pour savoir si ce genre de concoction existe, si ça ne t'ennuie pas.

Antoine arbora soudain un air boudeur laissant transparaître le gamin qu'il était. Derrière ses lunettes sérieuses, sous la protection de son joli costard de chef de groupe, il venait d'essuyer une des rebuffades dont Philippe Valmy avait le secret.

— Très bien, Philippe. Je te laisse creuser là-dessous. Edwige, du nouveau sur la poupée ?

— J'ai réussi à remonter tous les points de vente, je leur ai envoyé des réquisitions pour avoir leurs relevés de carte Bleue sur les trois derniers mois. J'ai fait pareil pour les faux cheveux. Pour l'instant, chou blanc. J'attends encore quelques réponses.

Hakim prit la parole sans attendre.

— Niveau téléphonie, c'est l'ascenseur émotionnel. J'ai remonté trois numéros dans le répertoire de Louis qui bornaient autour des lieux du crime, les trois sont des cartes prépayées achetées à Pigalle sous un faux nom...

— À mon avis, répondit Valmy, ils appartiennent à des filles qui tapinent dans le bois. Je suis passé prendre le café avec un pote du proxénétisme tout à l'heure, et il m'a dit que depuis un an, Louis se rencardait en douceur et s'était fait quelques indics parmi des Nigérianes qui bossent vers la porte Dorée. Ça pourrait coller. Si c'est ça, on peut abandonner tout de suite.

Jean, les yeux baissés sur le rapport d'autopsie, hocha la tête en silence.

— Je pense aussi, ces filles ont encore du lait qui leur sort par le nez, et d'après le légiste, le tueur a déployé des trésors de force pour foutre Louis au sol. Je ne vois pas une gamine faire ça... Remarque, on doit aller au bois avec le traducteur pidgin ce soir, on pourra toujours essayer de passer des coups de grelot aux numéros qu'a fait ressortir Hakim...

Enfin, ce fut Aline qui intervint.

— On a fait l'environnement de Louis. C'était un flic que tout le monde aimait, tu le crois, ça ? Son taulier et ses collègues n'avaient que des éloges à faire sur lui, les quelques amis qu'on a pu joindre étaient dévastés...

— Comme la plupart des morts, Aline... Et ses indics ? demanda Valmy.

Alors qu'Aline allait lui répondre, c'est Antoine qui prit la parole.

— Je leur ai demandé de ne pas s'en occuper. Je pense que c'est mieux si c'est toi qui le fais. Le patron a enfin réussi à faire cracher à Atlan la liste de ses contacts au FBS[1], et apparemment c'était pas une mince affaire... Mais la condition était que seuls toi et Graziani y ayez accès...

Le groupe remballa les nombreux feuillets qui jonchaient la table de l'arrière-salle. Le serveur, l'un des derniers garçons de café moustachus de la capitale, remplaça séance tenante la paperasse par de copieuses assiettes de frites et des planches de fromage. Julien avait gagné un pari, et forcé les membres de son groupe à devenir végétariens pendant toute la durée de la canicule... Pendant que l'alcool déliait les langues et faisait éclater les rires, Philippe et Jean buvaient, l'air las, leurs Coca light en attendant l'heure à laquelle les loupiotes des camionnettes se mettraient à scintiller à l'orée du bois de Vincennes.

---

1. FBS : Fichier des Brigades spécialisées. Fichier qui recense les informateurs qu'un enquêteur a fait enregistrer auprès du ministère de l'Intérieur.

– 13 –

Les quelques chemins du bois de Vincennes qu'arpentaient Philippe et Jean étaient de ces endroits qui, comme par magie, se transformaient à la nuit tombée. Entre le lever et le coucher du soleil, ces jolies petites allées bordées d'arbres touffus et recouvertes de petites branches avec lesquelles aimaient jouer les chiens, accueillaient les joggers, les familles et les couples de vieux en promenade. Elles étaient, à quelques pas du métro, une plongée dans un monde bucolique où le bruit des feuilles et les cancanements lointains offraient au citadin stressé une échappatoire, le meilleur moyen de faire s'écrouler à moindres frais les épais murs de béton qui l'étouffaient à longueur de journée.

Au crépuscule, les honnêtes gens repartaient tous vers les portes de Paris, longeant les camionnettes hors d'âge stationnées au bord des chemins, feignant de ne rien savoir de ce qui s'y tramait. Pénétrait alors dans le bois de Vincennes une faune plus clairsemée, mais tout aussi hétéroclite, bien que majoritairement masculine. De l'ouvrier au P.-D.G., ils étaient, malgré la canicule, engoncés dans leurs parkas, les mains fourrées dans les poches et la tête basse, de sorte que personne ne puisse faire plus que « croire les reconnaître » au détour d'un buisson. Sur ces quelques kilomètres carrés, la nature perdait une bataille face au vice, et les sentiers de terre étaient vite jonchés de capotes usagées et de mouchoirs froissés, pendant que l'odeur vivifiante et fraîche de la forêt laissait place à des effluves de sueur, de misère et de foutre. Les michetons marchaient le long des utilitaires, d'abord lentement, observant dans chacune des cabines des occupantes à la peau d'ébène et aux cheveux lisses, habillées de tops cheap et criards, éclairées par la seule lueur de quelques loupiotes. De l'habitacle se dégageait une odeur de parfum chimique et de lingettes pour la toilette intime et, à celui qui s'approchait, elles tendaient un visage juvénile que tentaient maladroitement d'endurcir quelques traits de mascara et du rouge à lèvres. À peine avaient-elles ouvert la vitre qu'on pouvait les entendre prononcer, dans un français incertain, le prix dérisoire qu'il fallait débourser pour posséder quelques minutes ce qui n'aurait pas dû appartenir à d'autres qu'elles-mêmes.

Lorsqu'ils étaient allés le chercher chez lui, ils avaient d'abord cru à une erreur. L'homme était petit, avec un visage pâle et doux, une calvitie naissante qu'il tentait maladroitement de cacher en rabattant vers l'avant une longue mèche de cheveux rescapés de la débâcle. Subterfuge capillaire qui avait prouvé, au fil des siècles, son ridicule et son inefficacité. Pas exactement le profil des autres interprètes en dialecte pidgin que Valmy avait pu croiser. Le trentenaire leur expliqua, sur le chemin, qu'il avait vécu à Abuja pendant toute son adolescence, et qu'il y avait appris le pidgin. Il n'avait pas fallu plus de deux feux rouges pour que Philippe et lui se découvrent des connaissances en commun, comme chaque fois que se rencontrent fortuitement deux expatriés.

En sortant de la voiture, Jean alluma son Dictaphone et en testa la batterie. Philippe l'interpella :
— T'en as pas besoin, mon Jean. Elles n'auront rien vu, rien entendu.
— Sois pas pessimiste, Philippe. T'en sais rien.
— Je te dis que cette sortie ne nous apportera rien directement. Notre ami interprète coûtera des sous à la Justice, et je peux te garantir que sur ton PV d'enquête de voisinage, tu écriras : « Nous n'obtenons, des diverses personnes interrogées, aucun élément susceptible d'orienter l'enquête en cours... »
Le jeune interprète s'éclaircit la voix pour signaler sa présence au cas où on l'eût oublié.
— Vous pouvez me dire ce que je fous là ? J'ai une femme enceinte qui m'attend à la maison...
— Vous décorez, monsieur. Comme nous... lui répondit Philippe. Ce soir, on va simplement faire bruisser les feuillages...

Jean, qui commençait à connaître Valmy, fit signe au jeune type que tout allait bien se passer, et le trio débuta sa balade. Un flic au bord de la retraite, un autre au bord du gouffre et un jeune aux airs de professeur d'université constituaient un trio bien trop disparate pour ne pas éveiller les soupçons des quelques hommes qui, en les voyant, rebroussaient immanquablement chemin. Les filles, elles, ne bougeaient pas de leurs utilitaires dont la plupart avaient été dépourvus de leurs batteries par des proxénètes inquiets de voir s'envoler leurs gagne-pain, bien que peu d'entre elles fussent en âge de conduire.

En l'espace de deux heures, ils interrogèrent une vingtaine d'entre elles. Chaque fois qu'ils brandissaient leurs cartes tricolores, elles arboraient le même air stressé, puis un certain soulagement quand le traducteur leur expliquait qu'ils ne contrôlaient pas les titres de séjour. Les réponses, données de façon laconique, étaient invariablement les mêmes. Elles ne travaillaient pas la nuit du crime, ne connaissaient pas Louis, et n'avaient aucune idée de qui aurait pu commettre un crime dans le secteur. Les deux flics et l'interprète quittèrent les lieux, non sans que Philippe fasse crisser les pneus de leur voiture de service en démarrant, sous le regard éberlué de Jean.

Ils déposèrent devant chez lui l'interprète qui, bien que n'en revenant pas, n'était pas mécontent de cette mission avec deux vieux briscards de la PJ. Si seulement son serment lui avait permis de raconter ça à ses potes lors de leur prochain apéro…

À peine la porte arrière de la voiture claquée, Jean interpella Philippe.

— Tu m'expliques ton truc, là ?
— Comme je t'ai dit. On a fait bruisser les feuilles, mec. Maintenant, tu vas appeler Hakim et lui demander de se mettre sur les bornes téléphoniques du bois demain matin à la première heure. Si l'un des trois

numéros identifiés a passé un coup de fil pendant notre enquête bidon, on va le savoir.

— C'est pour ça que t'as démarré la caisse comme un abruti ?

— Tu me vois en train de faire des dérapages sur le parking du Super U, le dimanche ?

— T'es aussi tordu qu'avant, mon pote…

— Plus encore, le Nigeria m'a appris d'autres combines. On va attendre une journée avant d'aller voir le contact que nous a donné Amadou… Le temps que notre promenade champêtre lui remonte aux oreilles. Je te dépose chez toi, ou on va boire un coup ?

— Si tu savais comme j'ai envie d'aller me taper une entrecôte, là… J'en peux plus de son défi à la noix, au bébé-flic…

— N'essaye même pas, Jean. Julien le saurait dans la minute…

— Alors dépose-moi chez moi, ma femme risque de faire la gueule sinon.

— T'es prêt à essuyer les foudres de ta bourgeoise pour un morceau de bidoche, mais pas pour un verre avec ton pote ?

— Mon cher Philippe, je suis conscient d'être un parfait paradoxe. Je m'habille avec trente ans de retard et je suis fan de nouvelles technologies, je suis flic et pour la légalisation du cannabis, et je suis un sex-symbol qui ne trompe pas sa femme. D'ailleurs, si tu pouvais l'appeler par son prénom plutôt que la « bourgeoise », j'ai l'impression d'être dans un vieux film…

— Dis donc, t'es plus retors quand tu manques de protéines que quand t'as soif, toi…

— Le carnivore a ses raisons que l'alcoolo ne connaît point…

– 14 –

Allongé entre ses draps moites, dans la pénombre de sa chambre, Philippe Valmy ne parvenait pas à trouver le sommeil. Sur l'écran à cristaux liquides de son radio-réveil, il voyait depuis près de trois heures les minutes s'égrener. La chaleur l'étouffait comme une étreinte maladroite, comprimant sa cage thoracique et faisant ruisseler sur son corps des torrents de sueur. Depuis des années, il était habitué aux insomnies, aux crises d'angoisse. Il avait mille et une façons de conjurer le sort. Il s'habillait, sortait, allait rendre visite à des patrons de bars de nuit, manger une entrecôte au Tambour… Il savait simplement, dans ce genre de tourments, que la journée du lendemain serait un jour vaporeux, pendant lequel ses acouphènes brouilleraient son environnement, qu'il serait un peu plus irritable, moins présent. Depuis le Nigeria, il savait regarder dans les yeux une journée gâchée sans plus ressentir de frustration.

Ce soir, tout était différent, il avait le sentiment de louvoyer entre deux dimensions. Les nuits blanches qu'il connaissait s'étaient muées en une forme plus sourde, inquiétante. Parfaitement conscient de son état d'éveil, il ne parvenait pas à bouger le moindre de ses membres. Il ressentait l'impuissance de ceux qui se réveillent paralysés après un accident. Ses tempes battaient fort sous son crâne, ses yeux étaient grand ouverts, et il sentait l'air qui, s'infiltrant entre ses cils, venait fouetter ses globes oculaires. Ses sensations étaient décuplées, il était plus attentif au moindre soubresaut de son organisme. Comme si son corps se révélait à lui : chaque lien entre ses muscles, chaque route qui reliait une artère à un organe, le réseau tentaculaire que formaient ses milliards de synapses lui étaient parfaitement familiers. Il sentait son foie amoindri par l'alcool, ses poumons abîmés par les quelques cigarettes qu'il s'autorisait… Il ressentait une brûlure au niveau de son bas-ventre, comme si son cerveau avait enfin pris conscience du mal qui le rongeait et qui l'avait empêché de fonder une famille. Malgré tout cela, il n'arrivait pas à bouger d'un iota. Le sentiment de planer au-dessus de sa carcasse, spectre visitant son enveloppe charnelle, nouveau-né encore en flottaison. Son sommeil jouait du yoyo. À peine sombrait-il dans ses limbes que le marché de Kétou lui revenait en tête. La foule bruyante dont les cris transperçaient un inquiétant silence qui ne disparaissait jamais vraiment. Les yeux ronds de ce type qui, voyant un Blanc sur le marché, avait décidé de lui préparer une concoction aphrodisiaque à base de hérisson, de pénis de cheval et de babouin, de chauve-souris et d'herbes secrètes. Les dizaines de statuettes serties de coquillages, aux regards malgré tout moins inquiétants que la poupée qui hantait les nuits des flics de la Crim', depuis que le corps de Louis avait été découvert.

Une douleur soudaine lui traversa la poitrine, comme au premier souffle de vie. L'aspect paisible de ses circonvolutions mentales avait été brutalement balayé par des images violentes. Son premier cadavre, l'enfant lardé de coups de couteau par sa mère, le regard mauvais de Max, le sang d'Élodie, sa femme, sur sa chemise immaculée, les lettres qu'il avait reçues de la prison, le regard triste de celle qu'il aimait quand il lui avait annoncé sa stérilité, ses yeux que n'habitaient plus que les profondeurs de sa trahison. C'était la dernière fois qu'il avait vu ces deux jolis iris emplis de vie, et ça avait été pour y lire de la tristesse. Puis, le regard mort qui avait balayé tout le reste. Ce fantôme qui le hantait depuis plus d'un an, et qui se résumait en une phrase : Max, son pote Max, était l'un des pires tueurs en série de l'histoire, et sa dernière victime avait été Élodie.

Son corps était toujours paralysé, comme avait dû l'être celui de Louis. Enfin, une pensée domina toutes les autres : il devait appeler Sanagari au plus vite…

– 15 –

Les halos des gyrophares caressaient la façade de l'immeuble dans un mouvement lent et régulier. Devant l'entrée, Antoine et Graziani se tenaient debout face au reste du groupe. Seul manquait Valmy. Victor, les mains dans le dos, flanqué de ses nouveaux collègues, tentait tant bien que mal de rester attentif aux consignes de ses chefs, dissimulant sa fébrilité derrière un regard grave que soulignaient ses sourcils exagérément froncés. Graziani s'adressa à ses troupes.

— On a un deuxième corps. Cette fois-ci, on connaît l'identité de la victime. Il s'agit de Maxime Vérin, c'est encore un collègue, et il vient aussi du 36…

Aline accusa le coup. Julien, à qui peu de choses échappaient, lui prit discrètement la main pendant la suite de l'exposé de Graziani.

— Je sais que certains de vous le connaissaient, c'était un des effectifs de l'USA. Il était gardien de la paix depuis à peine trois ans. Maintenant, c'est clair, on a affaire à un tueur de flics. Le parquet a ouvert une information judiciaire, c'est le juge Magnan qui va instruire le dossier. Je viens de l'avoir en ligne.

Outre le fait qu'il n'aime pas être réveillé aux aurores, il craint une vendetta de la part de la PJ. Il a voulu nous retirer le dossier et le refiler à l'OCRVP[1]. J'ai obtenu cinq jours, officiellement pour mettre la procédure en ordre. Officieusement, c'est le temps que vous avez pour vous activer et me sortir cette affaire. Quand on s'en prend au 36, c'est le 36 qui doit régler ses comptes. Un point, c'est tout. Des questions ?

Alors que Victor levait timidement la main, Hakim se pencha vers lui et chuchota, comme on le fait au fond d'une salle de classe quand parle le proviseur.

— Laisse tomber, je t'expliquerai ce que c'est, l'USA...

Graziani fit comme s'il ne s'était aperçu de rien.

— Bien, je vous laisse entre les mains de votre chef de groupe, vous connaissez votre boulot presque mieux que moi, maintenant. Bon courage.

Antoine n'eut même pas besoin de répartir les rôles. Jean et Edwige avaient déjà revêtu leurs combinaisons de cosmonautes, quand Hakim, Julien et Aline établissaient une stratégie pour faire l'enquête de voisinage la plus efficace possible. Seul Victor restait comme deux ronds de flan. Son gilet « POLICE JUDICIAIRE » flambant neuf sur le dos, ses galons de capitaine sur la poitrine, il regardait tout le monde s'activer, les bras ballants. Jargon technique, gestes précis, ordres courts, incisifs, indéchiffrables pour le néophyte : il avait le sentiment d'être un visiteur d'hôpital à côté de qui le

---

[1]. OCRVP : Office Central de répression de la violence aux personnes. Service traitant de crimes complexes sur tout le territoire, dépendant de la DCPJ.

personnel soignant réanime quelqu'un. C'est Antoine qui le sortit de son marasme.

— T'inquiète, Victor. T'es arrivé hier aprèm, c'est trop compliqué de tout t'expliquer maintenant, mais tu vas monter avec Edwige, Jean et moi. Je vais rester avec toi et essayer de te guider. De toute façon, l'ancien et la gamine forment un duo qui n'a pas besoin de chef… Mais il ne faut surtout jamais leur dire. Tu verras par toi-même. Pour l'instant, enfile une combinaison.

Pendant que Victor s'habillait, Hakim s'approcha de lui.

— Bon, alors je te la fais courte, mec. L'USA, c'est notre unité de garde des détenus. C'est aussi eux qui surveillent le bâtiment et qui gèrent les entrées. Normalement t'as dû les croiser une fois ou deux. Dans ce service, y a à boire et à manger. Tu peux avoir des jeunes qui veulent venir chez nous et qui en veulent à mort, et des types dont l'administration ne savait pas quoi faire. D'après Aline qui le connaissait un peu, le collègue qui est mort faisait partie d'une troisième catégorie : ceux qui veulent devenir enquêteurs, mais qui n'y arrivent pas. Il n'était pas de la plus grande finesse, mais plein de bonne volonté…

Le flic fut interrompu par une voiture banalisée qui arrivait au bout de la rue, sirène hurlante.

— Bon, Valmy arrive. Je pense qu'il va vous accompagner sur la scène de crime. Écoute Antoine, et regarde bien Jean. Ça va le faire…

— Merci, Hakim. Bon courage.

Dans le corridor, Victor prit une grande inspiration. C'était un couloir comme on en voyait dans tous les immeubles récents qu'occupait la classe moyenne, en bordure du périphérique. Linoléum, murs crayeux et portes trois points. Des parties communes émanait une odeur de plastique, de peinture fraîche et de produits ménagers. L'absence de cachet avait aussi un parfum bien à elle. De l'appartement, il ne voyait que l'entrée, meublée de façon fonctionnelle, dans laquelle s'entassaient Edwige, Jean et Valmy. Antoine restait en retrait, prenant son rôle de « flèche[1] » plus à cœur que n'importe qui. Victor avait du mal à se réveiller complètement. Les flashes des photographes de l'IJ, déclenchés à intervalles réguliers à l'intérieur de la pièce, lui faisaient chaque fois l'effet d'une gifle de cow-boy.

Enfin, une voix rocailleuse se fit entendre depuis l'intérieur.

— Vous pouvez y aller, les gars. On a fini.

Jean, caché derrière son masque de protection, fit signe à Antoine et Victor. Les cinq flics pénétrèrent dans le deux-pièces de Maxime Vérin. Au moment de passer la porte, Antoine posa sa main sur le bras de Victor.

— Quand tu entres, regarde d'abord tout ce qu'il y a dans l'appartement. Ensuite, tu regardes le macchabée. Ne pourris pas ton œil tout de suite avec une image glauque, ça arrivera bien assez tôt.

La déco était inexistante. Quelques DVD de films d'action, une bibliothèque dans laquelle des bouquins qui préparent aux concours administratifs côtoyaient

---

1. « Flèche » (jargon policier) : qui prend un jeune collègue sous son aile pour lui enseigner les ficelles du métier.

des livres de foot, et un poster de *Léon*. Le clic-clac était replié, et un sac de sport avait été abandonné au milieu du salon, sur un tapis blanc à présent maculé de taches rouges, marron et jaunâtres. Au milieu de la carpette gisait Maxime Vérin, bras en croix, fixant le néant. Victor regarda immédiatement le ventre de son jeune collègue, sur lequel s'ouvrait la même béance que chez Louis.

Edwige et Jean étaient déjà accroupis près du corps, et notaient avec minutie les moindres détails de la mise en scène. Antoine lui commentait tout, comme un professeur de médecine à son interne.
— Tu vois, Edwige, il y a un mois, elle ne savait rien faire. Maintenant, elle est la doublure de Jean. J'ai rarement vu quelqu'un qui apprenait aussi vite le métier. Elle a un souci du détail exceptionnel… Jean va partir en retraite dans six mois, et le patron compte en faire la nouvelle procédurière. Pour l'instant, elle n'est pas au courant. Mais si ça arrive, elle sera l'une des plus jeunes de l'histoire de la Crim' à y parvenir.

Une fois la scène entièrement figée par les photographes, les dactylotechniciens[1] et les descriptions d'Edwige et Jean, Valmy cessa de fureter dans l'appartement, s'approcha du corps et se saisit de la touffe de cheveux qui s'échappait de l'abdomen. Il en ressortit une poupée rigoureusement identique à la précédente. Il l'observa durant de longues secondes. Elle avait l'odeur métallique du sang et le parfum acide des

---

1. Technicien de l'Identité judiciaire chargé des relevés de traces.

viscères. Le sang de Philippe se glaça sous le regard accusateur qu'il lui trouva. Derrière les taches foncées, des dizaines de cicatrices étaient dessinées. De sa main gantée, il en toucha une au niveau de la poitrine et ressentit immédiatement une démangeaison au même endroit. « Putain d'insomnie, je deviens dingue... » Il déposa immédiatement la poupée dans un sac en papier, sortit de l'appartement et ôta précipitamment ses gants en plastique, son masque et la capuche de sa combinaison. La fatigue lui faisait tourner la tête. Il s'appuya sur le mur en crépi, puis frotta sa main dessus. Le contact douloureux des dizaines de petites nervures le réveilla brusquement. Au même moment, Julien sortit de l'appartement voisin et lui adressa un sourire victorieux.

— Ça y est, il a fait une erreur...

— Bon, ben vas-y, accouche !

— La vieille qui habite là a vu quelqu'un pousser Vérin dans son appartement hier soir. Il faisait environ un mètre quatre-vingts, corpulence normale. Il portait un sweat à capuche noir. Il lui aurait collé la main sur la bouche au moment où il mettait ses clés dans la serrure.

— Et pourquoi elle ne nous a pas appelés ?

— Il paraît qu'elle ne se mêle pas des affaires des autres...

— Ben voyons, je vais prévenir Antoine. Tu peux déjà dire à cette charmante dame qu'elle va venir avec nous au 36 pour être entendue...

– 16 –

Les deux mille âmes qui travaillaient quotidiennement au Bastion semblaient réduites au silence. Dans les couloirs, où régnait à l'accoutumée un brouhaha permanent, on n'entendait que de légers bruits de pas. Les voix des enquêteurs avaient baissé d'un ton, revêtant leurs timbres d'un voile de pudeur endeuillée. Le bâtiment, dans lequel s'était installée à regret la PJ depuis trois ans, avait des allures de forteresse imprenable. Ses façades faites de miroirs réverbéraient les rayons du soleil sur le périphérique. Aux indiscrets qui auraient cherché à voir ce qui se passait à l'intérieur, l'immeuble ne renvoyait que leur reflet. On pouvait, en passant devant, avoir le sentiment que l'œil félin des flics de la PJ scrutait le passant inquiet comme le suspect qui se tient derrière une vitre sans tain, l'air hagard, une pancarte numérotée à la main. Quand la Crim' s'y était installée, Graziani avait trouvé le symbole plus que parlant : « Tu veux savoir ce qui nous intéresse ? Toi, les autres, tout le monde. »

Aujourd'hui, le nouveau galion de la PJ essuyait sa première tempête. Deux flics étaient morts en l'espace d'une semaine. La détresse suintait des murs encore neufs, le linoléum absorbait les pas lourds de ceux dont les épaules ployaient sous le poids du deuil. Leurs ceintures étaient lestées d'un flingue dont ils rêvaient de se servir hors procédure, et leurs yeux embués ne permettaient pas de voir plus loin que leur chagrin. Ignorant que ces moments dessinaient l'âme d'un lieu, le Bastion construisait paisiblement sa légende, sur le dos d'une horde de flics à l'optimisme en berne, et pour qui rendre justice à leurs collègues était devenu vital.

Dans un petit bureau du sixième étage, Jean et Philippe regardaient la vie qui battait son plein sous leurs fenêtres. Le défilé de bagnoles sur le périphérique était toujours aussi hypnotisant. Devant le palais de justice se massait un condensé de société française sous les traits d'une foule bigarrée. Parties civiles, mis en cause comparaissant libres, couples au bord du divorce, surendettés...

— C'est à la sortie du palais de justice qu'ils devraient faire leurs sondages à la con. Ça leur éviterait de nous emmerder au téléphone, dit Jean d'un ton monocorde.

— Il n'y a que des pessimistes dans un palais de justice.

— J'ai déjà vu des avocats sourire, une fois, en 1987...

Un ange passa.

— J'arrive pas à déconner, Jean. C'est terrible, non ? J'ai vécu des horreurs, je suis parti à l'autre bout du monde, je suis stérile... Même dans les pires moments, tu as toujours réussi à me faire rire. Et là, rien. J'ai l'impression que mon cerveau est à l'arrêt.

— On est tous à l'arrêt, Philippe. On s'est réveillés ce matin, et avant notre deuxième café, on a regardé en face le cadavre d'un jeune collègue de vingt-six ans qui avait toute la vie devant lui. Il a été torturé par un sadique sur lequel on n'a rien. Et comme t'es vraiment le dernier des poissards, ce sadique a zigouillé l'un de tes meilleurs amis juste avant. Alors, si tu veux mon avis, Philippe, tout le monde t'excuse de ne pas nous faire un numéro de claquettes.

— C'est jeune, vingt-six ans, tu ne trouves pas ?

— Pour mourir ou pour être flic ?

— Les deux. C'est jeune, c'est tout. J'ai deux fois son âge, tu te rends compte ? C'est moi qui aurais dû être à sa place. À la place de Louis aussi. J'ai plus rien, Jean. Mes vieux sont morts, j'ai pas de quoi assurer une descendance, tout juste une tante qui m'envoie un SMS pour Noël. Alors, pourquoi c'est pas moi ?

— Parce que la vie n'en a rien à foutre du CV, Philippe. J'ai vu les pires crevures devenir centenaires, et des collègues jeunes, beaux et brillants crever à cause d'un crabe ou d'une descente dans un squat qui tourne mal. Quand c'est ton heure, c'est ton heure. Allez, si on déprime, autant picoler…

Jean sortit une bouteille de whisky d'un tiroir de son bureau.

— Jean, la journée est loin d'être finie, Antoine démarre le briefing dans une demi-heure, et…

— Et on va peut-être pas jouer les lycéens apeurés devant un type qui a à peine l'âge de nos carrières, non ?

— Un verre, et pas plus haut que le bord, alors…

– 17 –

C'était la première fois que le groupe voyait Hakim aussi excité. Il arpentait la pièce les mains dans le dos, à la manière d'un savant fou à l'aune d'une découverte nobélisable.

— Philippe a bien fait de faire bruisser les feuillages, les mecs. J'ai passé la nuit là-dessus, et le reste de l'après-midi. Je vous la fais courte. Après l'expédition au bois de Vincennes, l'un des contacts de Louis a activé une borne à proximité. Donc on sait qu'ils ont vu une fille qui connaissait Louis. Mais comme les abonnements sont à un faux nom, ça nous faisait une belle jambe. Alors, j'ai faxé une réquisition pour savoir qui elle avait appelé. Je suis tombé sur un autre numéro bidon... Mais en le remontant, j'ai vu qu'il avait activé la borne téléphonique la plus proche de la prison de Fleury-Mérogis... Vous me suivez ?

L'exposé d'Hakim était technique, et les flics étaient un peu largués. Victor se risqua à résumer la situation.

— Si je comprends bien, l'un des contacts de Louis aurait appelé quelqu'un en détention après le passage de Philippe et Jean. Mais on ne connaît ni l'identité de l'appelant, ni celle du destinataire ?

Hakim acquiesça. Edwige tempéra les ardeurs de son nouveau collègue, sous le regard médusé d'Antoine.

— Pour ce qui est de la détention, rien n'est moins sûr. Il y a aussi pas mal de logements autour de la prison. Ça peut tout aussi bien être à quelqu'un qui habite aux alentours.

— Avoue que c'est plutôt gros, insista Victor. Et puis, pour le moment, on n'a pas grand-chose d'autre, si ? Ça peut valoir le coup de creuser.

Edwige ne lâchait pas le morceau. Son visage, d'ordinaire lumineux, était grave.

— On a aussi le témoin de Julien, c'est pas mal, non ?

Ce dernier répondit en tentant de faire baisser la température.

— Tu parles, elle n'y voit pas net, la mamie. Elle me décrit un gus de grande taille, athlétique, avec un sweat à capuche. Et sur les caméras, je n'ai rien qui ressemble à ça… Elle aurait pu tout inventer…

Aline décida d'y mettre son grain de sel.

— C'est un peu gros qu'elle ait inventé le coup de la main sur la bouche, alors qu'on a les traces d'éther sur le cadavre de Louis…

Antoine ne savait pas comment réagir face à la joute verbale qui prenait part entre les cinq flics. Jean, que le whisky avait rendu un peu moins réactif, siffla la fin de la récré plus tard qu'il ne l'aurait voulu.

— On se calme, vous avez tous raison. Je vous rappelle qu'on est à la Crim', ici. Si on a moins de dossiers que les autres services, c'est pas parce qu'on est en préretraite, c'est pour avoir le temps d'ouvrir toutes les portes, et de les refermer.

Antoine acquiesçait silencieusement, dépassé par la situation. Philippe, lui, restait au fond de la pièce, muet comme une carpe, vivace comme une statue de cire. Jean faisait preuve d'une autorité qui ne souffrait pas qu'on lui coupât la parole.

— On va procéder dans l'ordre. D'abord, Philippe va aller fouiner à la BRP pour savoir si Louis a pu se retrouver en renfort sur une affaire de prostitution nigériane ces deux dernières années. Si je me souviens bien de ce que tu m'as dit, c'est la durée de vie d'une fille dans la capitale. Après, elles bougent. Donc, si son contact tapine, ça veut dire qu'il la connaît depuis moins de deux ans. Pas la peine de remonter plus loin. S'il y en a eu une, on vérifie si l'un des protagonistes est incarcéré à Fleury, et on lui rend visite. Edwige, tu regardes si, par hasard, il n'y a pas des mecs connus pour proxénétisme qui habitent à côté de la prison. Comme tu le dis, on ne sait jamais. Je suppose que les réquisitions aux fabricants de poupées et aux vendeurs de cheveux n'ont rien donné ?

— Que dalle, il doit payer en liquide. Il nous a échappé deux fois, c'est qu'il ne doit pas être si con.

— Il ne faut jamais sous-estimer la chance d'un abruti… Ne t'ai-je donc rien appris, gamine ?

La blague de Jean dérida quelque peu l'atmosphère. Antoine reprit la main.

— Pour ce soir, chacun rentre chez soi. Vous avez fait du bon boulot, donc on se repose et on garde les portables allumés. Demain matin, Jean et Victor, vous irez voir Dicton à l'IJ pour savoir ce qu'il a pu tirer de la scène de crime. L'autopsie est à onze heures, j'irai avec Edwige, si ça va à tout le monde. Bonne soirée à tous.

Tandis que les flics rangeaient leurs affaires, jubilant à l'idée de pouvoir rentrer chez eux avant le coucher du soleil, Edwige s'approcha de Victor.

— J'espère que tu ne l'as pas pris personnellement, je suis plutôt têtue.

Le jeune capitaine la gratifia d'un sourire bienveillant.

— Têtue et bonne flic, apparemment…
— Je t'invite à dîner pour me faire pardonner ?
— Pourquoi pas…

– 18 –

    Ils étaient attablés dans un restaurant branché du XVIIIe arrondissement. Edwige portait un chemisier blanc et un jean taille haute qui soulignaient sa silhouette longiligne. Ses doigts fins étaient ornés de quelques bagues en or discrètes qui jouaient avec la flamme des bougies déposées sur la table. À la faveur de cet artifice, ses yeux brillaient un petit peu plus qu'à l'accoutumée au milieu de son visage séraphin, qu'elle avait dégagé en ramenant ses longs cheveux bruns en un chignon improvisé avec un pinceau. Sa chemise était assez ouverte pour laisser entrevoir un triangle de peau laiteuse qui partait de son cou pour se perdre au niveau de sa poitrine. Tout en elle n'était qu'assurance. Pourtant, au moindre trouble, elle révélait, sans le vouloir, un regard d'enfant tantôt amusée, triste, boudeuse ou séduite. Tout en paradoxes, elle semblait consciente de sa beauté sans toutefois en prendre toute la mesure. Edwige Lechat était de ceux que l'on aimait tout de suite d'une passion brûlante, ou qui laissaient à jamais indifférent.

Victor était gêné. Elle cherchait son regard à la moindre occasion, quand il tentait de fuir le sien – ce qui, lors d'un dîner en tête à tête, revient à conduire en roue libre sur une route de montagne. Quand elle cherchait à en savoir plus sur sa vie personnelle, il perdait pied et changeait maladroitement de sujet en se raccrochant à ce qu'il avait sous les yeux. C'est ainsi qu'au cours du repas, il avait passé dix minutes à déblatérer sur l'usage du pécorino plutôt que du parmesan dans la recette des carbonaras, sur la passion étrange que vouent certains humains à la Suze, qui a pourtant un sacré goût de médoc, et sur le moment où les serveurs parisiens avaient cessé d'être rougeauds et gouailleurs pour devenir tatoués et barbus sans oublier de rester rustres. Enfin le frappa l'idée stupide qui, immanquablement, venait au secours de l'esprit en déroute : il décida de mener ce dîner comme un animateur télé. Il avait son propre talk-show, et Edwige était son invitée. Il la fit donc parler d'elle, d'abord de sa vie professionnelle – c'est ainsi qu'il apprit qu'elle était sortie deuxième de sa promo d'officiers, ce qui l'avait empêchée, à un point près, d'intégrer directement la Crim' à la sortie d'école. Puis, les desserts tardant à arriver, il en avait profité pour pousser plus loin ses investigations sur sa vie. Il entendit alors une histoire classique dans la vie des trentenaires parisiens : elle avait vécu trois ans avec un type plein d'avenir – un avocat –, et ils s'étaient séparés un an plus tôt sans drame, dans une crise de la pré-trentaine. Depuis, elle dérivait dans les méandres de Tinder. Elle perdait son temps en rencontres inutiles, sans jamais prendre celui de connaître vraiment les autres.

Les tiramisus arrivèrent sur la table. Victor souffla un bon coup. Il était bientôt tiré d'affaire. Il ne lui restait plus qu'à trouver un sujet de conversation pour les quinze dernières minutes du repas. Le cerveau de Victor moulinait comme devant une grille de mots croisés récalcitrante. Les yeux d'Edwige étaient passés d'enfant timide à gamin espiègle. Ceux d'un môme qui sait qu'il a gagné la partie de Monopoly, mais qui se retient encore d'exulter.

— Respire, Victor. J'ai compris…

Queffelec leva un sourcil étonné et passa la main dans le chaos de ses cheveux bruns.

— Te fatigue pas, j'ai le sentiment qu'il ne faut pas que je le prenne pour moi…

Victor se détendit un peu, mais resta silencieux…

— J'avais un doute depuis que t'es arrivé, mais tu me plaisais. J'ai tenté ma chance, maintenant je sais.

— Tu sais quoi, au juste ?

— Depuis le début de la soirée, je te tends des perches, et tu ne les saisis pas. Non que je me pense irrésistible, mais ça commençait à devenir gênant…

Il se tortilla sur sa chaise, mal à l'aise…

— Ça fait vingt minutes que je me demande ce qui aurait été si terrible dans le fait de me mettre un râteau. Puis je me suis dit que la seule raison de ta présence ici était que tu ne voulais absolument pas que l'on sache que je ne te plais pas… Je me trompe ?

Il ouvrit la bouche, elle ne le laissa pas répondre

— Et tu as beau avoir essayé d'être discret, j'ai vu la façon dont tu regardais le serveur.

Victor était troublé. Il tournait et retournait sa cuillère dans son déca depuis plusieurs minutes, au point de le transformer en un tourbillon caverneux qui aurait pu renfermer Scylla, prête à croquer une douzaine de marins.

— Je ne veux pas que ça se sache, Edwige... Il m'est arrivé trop de choses à cause de ça. Il n'y a pas que des exemples de tolérance dans la police...

Elle posa sa main sur la sienne, mettant ainsi fin à l'épisode mythologique qui s'était incarné dans son café.

— Je comprends, Victor. Ne t'inquiète pas. Qui d'autre est au courant ?

— Personne, j'espère... Dans mon ancien service, seul mon patron le savait. À l'école de police, je ne parlais jamais de filles, et je restais discret sur ma vie perso. Ça a suffi à trois abrutis pour avoir des doutes. Ils ont fouiné dans mon portable, et ils m'ont pourri l'existence à cause de ça. J'ai fait une dépression, et le directeur de l'école a appelé mon service d'affectation. Ce n'est pas écrit dans mon dossier, mais le monde des commissaires est tout petit. Et je sais qu'ils ont fait ça pour me protéger, mais j'en ai marre que ça me colle à la peau...

— De toute évidence, Graziani est au courant...

Les mains de Victor étaient nouées sous celles d'Edwige. Elle sentait, à travers ses articulations qui se contractaient, toute la tension qui parcourait le corps du jeune homme.

— Pourquoi tu dis ça ? Ça me poursuivra toujours, tu crois ?

— C'est pour ça que tu es arrivé chez nous. Comparé aux autres groupes, on est trop d'officiers pour accueillir des nouveaux. Normalement, j'aurais dû prendre le poste d'adjoint. Mais je pense que le taulier a voulu te protéger...

— Et pourquoi vous avoir choisis, vous ? Vous êtes moins cons que les autres ?

— Disons que Graziani sait qu'il n'y a aucun risque de comportement comme ça dans le groupe... Je ne vais pas tout te dire, mais t'es pas seul dans ton cas. Ton secret est bien gardé avec moi, mais si je peux te filer un conseil, baisse un peu la garde. Tu peux être serein avec nous.

— OK, je vois...

Victor s'était détendu. Son cœur ne battait plus la chamade comme chaque fois qu'il évoquait son passé. Il commanda deux digestifs au serveur.

— Je suis désolé qu'à cause de moi tu n'aies pas eu le poste d'adjoint...

Edwige enleva sa main de la sienne.

— C'est rien, je n'en voulais pas, de toute façon. Pour être honnête, je vise plutôt la place de Jean.

Queffelec tenta de dissimuler sa réaction pour ne pas trahir les confidences qu'on lui avait faites. Edwige ne s'aperçut de rien, tant il avait appris à masquer ses émotions.

— En revanche, si je peux avoir autant de mecs pas mal que je veux dans mon lit, les amis, c'est plus difficile à trouver...

Queffelec leva son verre d'amaretto et, pour la première fois depuis son arrivée à la Crim', sourit.

– 19 –

C'est une vieille porte d'immeuble à la peinture verte écaillée, perdue dans une ruelle autour du boulevard Barbès. Le digicode a été brûlé par des dealers. Il me suffit de la pousser pour entrer sous un porche crade. On n'y voit rien. Seule l'odeur de pisse et de vieilles poubelles qui vient envahir mes narines me rappelle à quel point l'endroit n'est pas accueillant. À ma droite, un petit rond orange m'offre une faible lueur. J'appuie sur la minuterie. Au fond de la cour, une ampoule grésille et éclaire une porte de bâtiment de sa lumière discrète. L'ampoule au-dessus de ma tête, elle, reste inanimée. Aidés par la loupiote, mes yeux commencent à s'habituer à l'obscurité. À quelques mètres de moi, je distingue une silhouette accroupie, voûtée. À la faveur du briquet qu'elle allume, son visage s'éclaire. Il est blanc, cadavérique. Le mec doit avoir vingt-cinq ans, mais en paraît le double. Il approche la flamme de sa bouche en tremblotant. Avant d'aspirer bruyamment, il me lance un regard torve, sans même sembler se demander ce que je fais là. Il sait, il sent. Je pue la misère autant que lui, mes années de rue ont laissé sur moi une marque imperceptible, une carapace que ne perçoivent que ceux qui ont connu la même merde que moi. Je passe devant lui au moment où son trip arrive. Ses yeux se ferment et il tombe à la renverse, assis contre le mur. Bon voyage. Dans la cour, des vélos sont attachés solidement. De jolis vélos hollandais, qui doivent appartenir à un couple de bobos venus s'encanailler dans le quartier. Je parie qu'ils ne sont pas rassurés de savoir que des toxicos viennent se prendre des shoots dans l'immeuble dont ils sont maintenant copropriétaires. À mon arrivée à Paris il y a quatre ans, j'ai toujours vu le XVIIIe coupé en deux par le boulevard Barbès. Comme une frontière invisible.

La cage d'escalier est étroite, les murs défraîchis. Je monte tranquillement jusque chez Ricky. En passant devant le deuxième étage, une odeur de weed et la voix nasillarde d'un chanteur français à textes puissants s'échappent d'un appartement. J'ai trouvé les bobos, ça y est.

On ne me voit jamais nulle part. Je suis une silhouette anonyme, invisible, je ne mets jamais un mot plus haut que l'autre. J'ai le look et la couleur de peau de ceux que l'on soupçonne de ne rien comprendre à la société dans laquelle ils vivent. J'en deviens le spectateur privilégié. Durant toutes ces années, j'en ai compris les codes, identifié les classes. Simplement, j'ai vite appris qu'il vaut mieux faire comme si l'on ne sait pas. Glisser dans la foule anonyme, simple silhouette. Il est plus facile de n'être rien de plus aux yeux des autres que du mobilier urbain.

Deux coups brefs, un long, deux brefs. Quelques secondes plus tard, la porte couine et s'ouvre sur Ricky. Je dois baisser la tête pour le voir. Malgré sa silhouette ronde et sa petite taille, il émane de lui une force indescriptible. Économe de ses mots comme à son habitude, il me fait signe d'entrer. Une lumière tamisée éclaire la seule pièce de l'appartement, dont les taches d'humidité et la peinture écaillée aux murs sont grossièrement recouvertes par de grandes tentures. L'encens qu'il fait brûler en permanence masque mal l'odeur de cuisine mijotée et de renfermé. Au sol, un tapis élimé recouvre le vieux parquet grinçant. La pièce est nue, à part deux poufs et quelques étagères sur lesquelles sont disposées des petites fioles qui étaient autrefois des mignonnettes de whisky, et dans lesquelles reposent maintenant des poudres aux couleurs vives, des écailles, du bouillon Kub... Dans un chiffon, je devine la forme d'une tête de chien séchée qu'il a dû faire ramener du pays par un de ses contacts. En haut de l'étagère trônent, entassées, des chauves-souris mortes. Dans le fond de la pièce, un grand type en costard me dévisage. En me reculant d'un pas, j'interroge Ricky du regard. Il me répond en pidgin :

— Assieds-toi, ça ne sera pas long. C'est un ami qui a des choses à te dire.

On dirait un homme d'affaires. Son costume est taillé sur mesure et ne ressemble pas à ces tenues cheap que l'on trouve dans les boutiques du boulevard Magenta. Quatre ans à voir défiler toutes sortes d'hommes dans notre business... Je m'y connais mieux que quiconque en mode masculine. Sa silhouette haute, massive, ne m'impressionne pas. Son visage anguleux et ses yeux enfoncés servent d'autel à un regard qui, lui, me glace le sang. Il s'adresse à Ricky dans un dialecte que je ne connais pas. Le marabout plante ses yeux dans les miens.

— C'est un sorcier plus puissant que moi. Tu as fait ce qu'il fallait pour sauver l'âme de Michimaou. Seulement, Ayelala réclame de nouveaux sacrifices. Il va falloir que tu sois plus prolifique. La semaine qui vient sera décisive. Tu as pratiqué deux rituels qui ont satisfait Ayelala. Maintenant, il faut encombrer le passage de la vie à l'au-delà avec des dizaines d'âmes, des âmes pécheresses, des hommes blancs. Manie ton couteau comme un chemin vers le pardon. Manie-le sans cesse. Tu n'as plus le temps d'user de mes concoctions, plus le temps pour les rituels. Le Baron réclame des âmes, il faut le nourrir au plus vite. Prends simplement ceci, et mets-le dans la bouche de tes victimes. Ainsi, Samedi les reconnaîtra.

Il me tend un sac-poubelle rempli de cheveux. Je m'en saisis et me lève sans un mot. Un dernier regard à l'homme en costume. Ses yeux, comme ceux d'un serpent, sont jaunes et petits. D'un geste de la main, il me chasse comme on ordonne à un chien errant de déguerpir. Une gourmette en or scintille autour de son poignet. Je glisse les cheveux dans mon sac à dos, à côté de mon couteau de chasse. Une fois la porte claquée, je dévale les escaliers. Dans la cour, une main glacée me saisit au cou. Son étreinte me coupe le souffle. Moi qui me croyais hors de danger. Tout recommence. Je lève mon regard vers le ciel de plomb, et des larmes se mettent à couler le long de mes joues. Ma respiration s'accélère... Je pense à toi, Michimaou. Je me calme en faisant abstraction du monde autour de moi, comme je l'ai toujours fait.

Mon cœur redescend à un rythme normal. En sortant de l'immeuble, je passe devant le toxico, toujours en plein trip. Dans cette petite ruelle aux odeurs âcres, je prends une grande respiration. Je voudrais revenir en arrière. Pas de quelques jours, ni de quelques heures, mais de quinze ans. Ne jamais avoir connu les rituels, puis trahi qui que ce soit. Fini de me lamenter, il me faut obéir à Ricky.

– 20 –

Quand il arriva rue des Rosiers, Valmy ralentit le pas. Il marchait vers l'ouest pendant que le jour devenait nuit. Le ciel était lourd, les nuages couleur goudron voulaient raser les immeubles. Derrière eux, le ciel s'embrasait. En jouant ainsi de ses nuances roses et orangées, il éclatait de couleurs derrière les cumulus menaçants. Philippe Valmy s'arrêta pour le contempler tout en triturant sa main droite, sur laquelle il sentait encore le contact rêche de la poupée en toile de jute… Il croyait aux forces de la nature, aux messages qu'elle nous envoie, à son indomptable toute-puissance. La complexité du tableau qui se jouait devant lui, son insaisissable beauté orageuse, chargée d'une force électrique qui s'emparait de chaque atome flottant dans l'air. Tout cela ne pouvait être qu'un défi lancé aux hommes, une façon comme une autre de leur rappeler qu'ils n'étaient que de passage, et que leurs peintres les plus talentueux, leurs photographes aux yeux les plus acérés, ne pourraient jamais capturer un tel spectacle. Cette performance céleste était une démonstration de pouvoir, et il se sentit soudain très faible face à elle.

Il tourna dans une petite cour pavée perdue au milieu d'immeubles aux façades immaculées percées de gigantesques bow-windows. Dans un coin, quelques scooters avaient été garés dans une savante anarchie que seuls les utilisateurs de deux-roues parisiens maîtrisent. Au fond à droite de la cour, une poignée de tables étaient dressées sous des orangers en pots, autour desquelles furetaient quelques guêpes que tentaient tant bien que mal de chasser des hommes au teint mat et buriné, dans les traits desquels deux cultures avaient creusé d'épais sillons. Leurs crânes dégarnis étaient tous coiffés d'une kippa. Un calme étrange gouvernait leurs conversations à mi-voix ou leur jeu de cartes muet. Ces hommes avaient l'aspect rustre de ceux que la vie n'avait pas épargnés, et les physiques enveloppants de grands-pères qui, en une phrase, pouvaient vous en apprendre plus sur la vie que toutes les écoles du monde. Les faubourgs de Tunis avaient été comme délocalisés dans ce lopin parisien. Au fond de la terrasse improvisée, le commissaire Atlan était attablé, seul, les yeux baissés sur une grande assiette de poivrons marinés. Quand Philippe arriva à son niveau, il ne leva pas la tête et lui fit signe de s'asseoir. Il ne prit pas la peine de terminer sa bouchée avant de prendre la parole.

— Salut Philippe, ça fait longtemps.

Valmy fit signe au serveur de lui donner la même chose.

— Bonjour patron, je vous félicite. Vous avez réussi à me faire découvrir un recoin de Paname que je ne connaissais pas, et à dix minutes à pied de chez moi, en plus.

— Bon, d'abord, on n'est pas au 36. Donc tu m'appelles Maurice, et tu me dis « tu ». Ensuite, t'as pas idée du nombre de petits restaurants tunisiens qui n'ont pas pignon sur rue. Un jour, on ira manger une fricassée. Tu connais ?

— Avec plaisir, Maurice… Mais on ne va peut-être pas commencer à parler cuisine. Tu ne m'as pas donné rendez-vous pour ça, si ?

Les yeux de Maurice Atlan se levèrent vers Valmy, brillant d'une lueur que seules peuvent offrir les années de bourlingue.

— Je n'ai pas confiance en Graziani. Je voudrais savoir où tu en es de l'enquête sur la mort de Louis. Je ne peux pas laisser un de mes hommes se faire zigouiller sans réagir…

— Maurice, j'étais avec Graziani quand il t'a appelé cet après-midi. Tu sais tout ce qu'on a pour le moment. On s'oriente vers les réseaux nigérians, et je fouine un peu du côté des tontons de Louis, mais pour le moment, ça ne donne rien. Tu sais très bien qu'il faut nous laisser bosser. T'imagines, si le patron du jeune flicard qui est mort essayait aussi de me tirer les vers du nez ?

Atlan tapa du poing sur la table. Un bruit sourd vint interrompre le farniente méditerranéen qui régnait jusque-là. Les hommes attablés se retournèrent, le commissaire leur fit signe que tout allait bien.

— Le patron de l'USA est un gros con, et je l'emmerde. C'est un gestionnaire, pas un flic. Moi, on ne s'en prend pas à mes hommes…

— Alors laisse-nous bosser, personne n'aimait Louis plus que moi dans cette boîte. Tu imagines bien que je fais tout ce que je peux. Et s'il y a une chose que je peux te promettre, c'est que Graziani est réglo. À force d'être parano, Maurice, tu vas finir par nous la mettre à l'envers juste pour être sûr de pas te faire avoir. Alors, si je peux te donner un conseil, respire. Personne n'a intérêt à te cacher des choses... Mais toi, ne nous cache rien.

Les yeux d'Atlan n'étaient plus que deux petites fentes. Pendant que la serveuse déposait la bière et le plat de poivrons marinés de Valmy, les deux hommes restaient silencieux, sans que l'on sache s'ils cherchaient à être discrets ou s'ils se jaugeaient. Finalement, Atlan adressa à Valmy un rictus gêné.

— OK, Philippe. Je veux bien partager un maximum d'infos, mais avec toi seulement. Tu connais la BRP aussi bien que moi. On a des renseignements sensibles sur tout le monde. Le cul est un vice bien plus répandu que la came, et dans toutes les couches de la société. J'ai des notes qui ne passent même pas par le ministre. Donc tu feras le tri dans ce que je te dirai, et tu transmettras à Graziani ce que tu veux. Voilà le cadeau que je te fais. Ne m'en demande pas plus. Que veux-tu savoir ?

— Je veux tout ce que tu as en magasin sur les Nigérians qui sont installés à Paris en ce moment. Et les affaires sur lesquelles Louis aurait pu bosser qui ont des liens avec eux. Le reste, je m'en tape. Je sais déjà quel sous-préfet se prélasse sur les banquettes des Chandelles, quel ministre aime bien se déguiser en soubrette dans une cave des Champs-Élysées, et quel flic se balade au bois de Boulogne la nuit pour autre chose que son travail. En revanche, j'ai l'impression qu'il y a quelque chose que je ne sais pas sur les Nigérians. J'ai passé un an là-bas, et pourtant, chaque fois que j'essaye de me renseigner ici, à Paris, il manque une pièce au puzzle.

— C'est trop gros, Philippe. Je ne peux pas…

Valmy se leva et fit mine de partir, abandonnant son plat plein de promesses gustatives. Avant de se retourner, il planta ses yeux dans ceux d'Atlan.

— Maurice, je vais te dire quelque chose… Il n'y a qu'une seule personne en France sur qui tu ne maîtrises pas ce qui se dit, c'est toi… J'ai un portefeuille d'indics gros comme le Bottin dont tu te servais pour faire parler tes gardés à vue dans les années 1980. Et je sais plein de choses sur toi, tes méthodes, tes fréquentations, tes vices. Tu as toujours été un taulier en or, donc je suis loyal. Mais là, je n'ai plus grand-chose à perdre. Alors, tu me donnes tout ce que t'as sur les Nigérians, ou tu dégringoles.

Maurice Atlan demeurait impavide. Son caractère méditerranéen n'entrait pas en éruption, comme l'aurait prédit Valmy. Il parla d'une voix douce, presque fluette.

— Rassieds-toi, tu ne vas pas partir le ventre vide, et commande-nous quelque chose de fort…

Philippe revint avec une bouteille de boukha et deux petits verres. Le commissaire Atlan les servit, trinqua avec Valmy et but cul sec, sans chercher à dissimuler une grimace. Il toussa bruyamment, cueilli par la force de l'eau-de-vie.

— Valmy, il y a des choses que tu ne sais pas sur le Nigeria.

— Je connais tout de même un peu le pays, Maurice…

— Écoute, parfois, même les flics détachés sur place ne savent pas tout, certaines des infos qu'on ne t'a pas données parce qu'elles t'auraient mis en danger…

Philippe n'y croyait pas, il tenta de dissimuler son scepticisme pour ne pas froisser l'ego de son ancien patron.

— Et pourquoi le patron d'un service de PJ serait au courant, Maurice ?

— Parce que c'est remonté sur les écoutes d'une de nos affaires, on a tellement gratté qu'un gus de la DGSI est venu me dire de m'éloigner du dossier. Et comme tu le sais, ils préfèrent éviter d'avoir un magistrat dans les pattes. Alors, comme on enquêtait dans le cadre d'une CR[1], je lui ai fait du chantage en menaçant d'en parler au juge d'instruction s'il ne me disait rien. Donc il m'en a balancé un minimum, je ne suis pas dupe. Mais j'en savais assez pour éclaircir certaines zones d'ombre. Je ne vais pas t'apprendre comment fonctionnent les réseaux nigérians à Paris, Philippe...

— Non, merci. La cérémonie du juju au Nigeria, les gamines prises dans les griffes des mamas, et qui se prostituent pour éviter le mauvais sort. Je connais...

— Et tu sais très bien que ça fait bientôt dix ans qu'on se demande comment des réseaux tenus par des femmes arrivent à ne pas se faire phagocyter par des caïds de banlieue ou une mafia quelconque...

— Elles sont discrètes, c'est tout. Et puis, elles ont des porte-flingues, je me souviens qu'on en avait serré quelques-uns...

— Y a pas que ça, Philippe. Tu as entendu parler des confraternités étudiantes du Nigeria ?

---

1. Commission rogatoire : cadre d'enquête en procédure pénale pour lequel un juge d'instruction est nommé et ordonne à la police judiciaire de mener à bien des investigations nécessaires à la manifestation de la vérité.

— Un petit peu, oui. Il y en a des dizaines. C'est un peu des sociétés secrètes traditionnelles. Mais quel rapport avec les filles ? Ils sont plutôt du genre à truquer des élections ou à préparer des coups d'État, ces mecs-là…

Atlan se servit un autre verre de boukha, et lança à Philippe un regard réprobateur en voyant qu'il n'avait toujours pas vidé le sien.

— Tu as entendu parler du groupe des Eiye ?

— Oui, une société secrète qui s'est opposée aux Black Axe en 2011 pour des histoires d'élections. Si je me souviens bien, ils se réclament des Yorubas, le peuple nigérian à l'origine des premières pratiques vaudoues. Mais je n'en sais pas plus, ils se font discrets au Nigeria depuis quelque temps, donc ils ne faisaient pas partie de mes priorités quand j'étais sur place.

— Alors je vais t'en dire un peu plus. C'est une des premières confraternités étudiantes, ils existent depuis 1965. À la base, c'était un groupe d'intellectuels qui cherchaient à défendre les valeurs ancestrales des Yorubas au Nigeria. Quand ils sont entrés dans la clandestinité, ils ont commencé à donner dans le racket, les vols, les pillages pour financer leurs projets révolutionnaires. Comme ce sont des mouvements universitaires, certains Eiye sont restés au secret pour devenir des fonctionnaires haut placés au Nigeria, comme les Black Axe d'ailleurs. Et en 2011, les affrontements auraient dû mener à un coup d'État, mais ça a été réprimé à temps par le gouvernement. Les deux confréries se sont retrouvées traquées, et les combattants sont tous partis pour l'Europe. Une grosse communauté Eiye s'est installée à Paris, et depuis cinq ou six ans, ils tiennent les mamas qui font travailler les gamines.

— Il y a un truc que je ne pige pas, là. La France devait bien être au courant de ce qui se passait, vu les intérêts qu'on a en Afrique de l'Ouest. Alors, pourquoi on les a laissés s'installer tranquillement en 2011 ?

— C'est la question que j'ai posée au mec de la DGSI, il m'a répondu qu'on n'avait pas maîtrisé le flux migratoire.

— J'y crois moyennement... Un aveu de faiblesse de la part d'un service de renseignements... Ça cache un truc.

— Je pense aussi. Mais en tout cas, depuis, pas moyen d'avoir la moindre info, et les types qu'on avait branchés dans le cadre de ce dossier ont tous disparu comme par magie après mon rendez-vous.

— Et elle date de quand, cette affaire ?

— Il y a un an et demi à peu près. La mama qui gérait les filles s'appelait Trinity Johnston. On n'a pas pu remonter plus loin. Elle est encore incarcérée à Fleury.

Valmy avait enfin vidé son premier verre de boukha, Atlan lui en servit un second qu'il but d'un trait, cette fois.

— Je vais te poser une question, Maurice. Et je voudrais que tu réfléchisses bien. Est-ce que Louis était en renfort sur cette affaire ?

La réponse d'Atlan fusa.

— Évidemment, c'était notre plus gros dossier, tout le service était mobilisé, on a fait vingt-cinq gardes à vue en même temps. C'était un bordel sans nom. On a même fait appel à des gardiens de la paix de l'USA pour nous aider.

Philippe Valmy posa les mains sur la table et s'approcha de son ancien chef avec l'air d'un épagneul qui a levé un lièvre.

— Maurice, regarde tout de suite dans tes e-mails si tu as le nom des flics de l'USA qui ont participé à l'opération.

Atlan chaussa une paire de lunettes d'écaille sur le bout de son nez, alluma son smartphone fourni par l'administration, et se connecta à sa boîte sécurisée. Il se servait du téléphone avec une lenteur propre à ceux qui se sentent dépassés par leur époque. Son index pianotait lentement sur l'écran pendant qu'il marmonnait.

— T'as de la chance, je note tout… Attends, merde, pourquoi il me dit ça, lui… Mot de passe… Ah oui, c'est ça.

Il tapa sur l'écran avec ses gros doigts boudinés, sous les yeux de Valmy qui ne tenait plus en place…

— Merde, Philippe, t'as raison. On avait le petit Vérin sur l'affaire. Il était en binôme avec Louis…

– 21 –

Sept mois plus tôt

Le chant somnolent de la sirène des pompiers résonne dans le camion jusqu'à broyer mon crâne. Le conducteur se faufile dans la circulation au mépris des cahots qu'il provoque. Le masque à oxygène comprime l'arête de mon nez, au point que la douleur irradie tout mon visage. Sourde, glaçante. Ma main tremblante trouve les doigts d'un pompier au visage poupon et à la poigne ferme. Ses yeux, hagards, n'ont pas encore vu défiler assez d'horreurs pour se forger une armure de dureté, une carapace impavide. Il parcourt mon corps d'un regard expert qu'il replonge dans le mien quelques secondes plus tard. Son expression n'est plus la même. Je ne peux même pas relever mon buste, le pompier vient d'assister à un spectacle que ma douleur rend trop réel. Sa voix juvénile ne quitte pas ma mémoire. Encore aujourd'hui, je serais capable d'en distiller chaque note, d'en détailler les plus infimes modulations, de placer avec une justesse de musicien chacun des trémolos qui ponctuaient maladroitement des syllabes qui se voulaient assurées.

« Ça va aller, ne vous inquiétez pas, on arrive bientôt à l'hôpital… » Dans l'habitacle du camion de pompiers, des pansements, des bouteilles de désinfectant, une chaise pliante et des attelles harnachées vibrent, menaçantes, au rythme des coups de volant du chauffeur qui semble avoir la mort aux trousses.

Le gamin supposé me rassurer pourrait être mon fils. Je repense à l'étreinte enveloppante de ma mère, la dernière que l'on m'ait jamais donnée, tandis que mes entrailles déchirées ont l'air de vouloir se faire la malle. Étrangement, je n'éprouve aucun de ce que l'on appelle les signes extérieurs de panique. Mon cœur ne bat pas vite, je n'ai pas l'impression de transpirer, la douleur a annihilé tous mes réflexes. Tout ce que mon corps de femme africaine a pu subir d'humiliation, les outrages, les viols, les centaines de sexes hideux qui se sont immiscés en moi pour une poignée d'euros… Les doigts gras et poisseux des clients qui trituraient mon vagin et mes seins avec une infinie violence, les baisers puants des hommes qui se livraient à leurs dégueulasseries sur la gamine que j'étais, qui assimilaient ma couleur de peau à un laissez-passer pour l'assouvissement de leurs fantasmes les plus ignobles. Les adultes qui me pénétraient les uns après les autres avant de me foutre sur le trottoir, pour être sûrs que je ne résisterais jamais ; qui avaient entrepris, l'année de mes treize ans, d'anéantir mon libre arbitre à coups de bite.

La souffrance de toutes ces exactions n'est rien au regard de celle qui me transperce aujourd'hui, face à ce pompier à peine majeur, dans l'habitacle stérilisé et supposé me rassurer de cette camionnette aux allures de grand huit. Un coup de frein brusque projette le pompier, qui se rattrape *in extremis*, au-dessus de mon corps meurtri. Les portières s'ouvrent dans un fracas épouvantable. Le brancard sur lequel je suis allongée est déplacé par des bras vigoureux. Je ne vois plus que le ciel et des visages qui se penchent sur moi à tour de rôle. Je suis trimballée jusqu'à ce que je suppose être les urgences d'un hôpital. Les néons défilent les uns après les autres au-dessus de ma tête, morbide autoroute. Les voix qui m'entourent se chevauchent les unes les autres dans une rumeur qui, petit à petit, devient brouhaha. Les ondes de choc des portes que l'on pousse à l'aide de mon brancard me parcourent l'échine, font vibrer jusqu'à mes globes oculaires. Puis, le manège s'arrête. Enfin, le silence. Le monde extérieur est vaporeux, ma tête tourne. Puis, l'étreinte d'un tensiomètre autour de mon biceps bandé, le contact glacé du métal d'un appareil à saturation sur mon doigt. Les bips, réguliers, apaisants. Le froid d'un stéthoscope sur mon ventre, le temps est en suspens. La douleur est à nouveau le maître des horloges, machiavélique, transformant les secondes en heures. Enfin, une voix transperce le néant. Une femme. « D'après les pompiers, elle ne comprend pas le français, tu peux parler... » Un homme répond. Tranchant, définitif. « Il faut faire une écho, mais je pense que le bébé est foutu. Elle a perdu beaucoup de sang, on va la transfuser. On peut encore la sauver. » Une décharge électrique foudroie la totalité de mon corps et arrache à ma torpeur un râle d'outre-tombe. Michimaou, mon fils...

– 22 –

« Bon, au travail, on n'est pas là pour enfiler des merles. » Le major Patrick Champfrein, dit Dicton, avala bruyamment une gorgée de latte au lait de soja qui, à en croire son air satisfait, semblait le rapprocher un peu plus du nirvana. Il pianota sur son ordinateur, faisant disparaître la photo d'une bergerie fièrement gardée par un chien corse qui habillait son fond d'écran, et trouva en quelques secondes le document qu'il cherchait. Victor Queffelec, debout derrière lui, jeta furtivement à Julien un regard interloqué. Ce dernier lui lança une œillade qui voulait dire « T'inquiète, mon grand, le meilleur est à venir ». Une expression complice que tous ceux qui connaissaient Dicton adressaient aux néophytes interrogateurs. Le major Champfrein, ponte de l'Identité judiciaire, fit rouler son fauteuil en arrière d'un habile coup de talon. Sa cavalcade de bureau le fit passer devant les deux enquêteurs et, d'un grinçant demi-tour dont les essieux des fauteuils administratifs ont le secret, il se posta devant eux, prêt à débuter son exposé.

— Décidément, dans votre groupe, vous n'avez que des tueurs qui n'y vont pas avec le dos de la serpillière... Autant, sur le premier corps, on n'avait rien trouvé. Là, c'est une autre paire de planches, les mecs... Niveau paluches, c'est comme la première fois. L'assassin portait des gants, on n'a rien trouvé ni sur les objets perso du petit Vérin, ni dans l'appartement. En revanche, on a un bel ADN juste à côté de son corps. Un cheveu brun. Bon, je ne vous fais pas barboter plus longtemps... L'ADN qu'on a est féminin. Votre tueur, c'est une tueuse...

Les deux flics ouvrirent face au visage rubicond de Dicton des yeux ronds comme des billes.

— Tu veux dire que c'est une femme qui a fait ça ? demanda Victor.

— Pour l'instant, on sait qu'une femme a perdu un cheveu près du corps de Vérin. Rien de plus... tempéra Julien. Tu as vu la force qu'il lui a fallu, au tueur, pour maîtriser deux flics costauds comme ça ? Et puis le couteau, le sang partout... Ça ressemble à un crime d'homme.

— Et maintenant, les mecs, la cerise sur le paquebot... Vous êtes prêts ?

Dicton joignit ses mains et les frotta, à la manière d'un magicien qui prépare son grand final. Victor tenta maladroitement de dissimuler un sourire qui n'était pas du tout de circonstance pour le jeune capitaine de police qu'il était.

— On t'écoute...

Le regard de Dicton était celui du joueur prêt à dégainer le carré d'as...

— Les cheveux qu'on a trouvés sur la poupée sont bien les mêmes rajouts artificiels que sur la scène de crime de Louis. À une différence près... Par acquit de conscience, je les ai tous fait analyser, pas seulement un échantillon. Les mecs du labo m'ont détesté, il y avait environ une centaine de cheveux. Et au milieu de la touffe, devinez ce qui s'est caché...

Julien perdit soudain patience, ce qui chez lui était aussi rare que des paroles de rap dans la bouche de Jean, ou une vanne dans celle d'Antoine.

— Patrick, trop de suspense tue le suspense... On est tous à cran. Alors, accouche...

Victor retint une blague douteuse, Dicton se métamorphosa en major Patrick Champfrein, et répondit à Julien du ton d'un formulaire de la sécu.

— Il s'agit, brigadier, d'un des cheveux de votre première victime, Louis Lefort. Ça te va, comme ça ?

Julien avait oublié, le temps d'une phrase, la première leçon que Jean lui avait apprise : rien n'est plus utile dans une carrière de flic de la Crim' que d'être en grâce avec l'Identité judiciaire. Il tenta de rattraper le coup.

— Formidable ! T'es un génie, putain. Je te paye un café pour te remercier ?

Dicton était, comme son nom ne l'indiquait pas, d'origine corse. Il avait, d'après la légende, hérité de l'île de Beauté – outre des yeux plus noirs qu'une châtaigne sèche, un profil aquilin taillé dans le granit et des sourcils broussailleux – un caractère ombrageux. D'aucuns diraient que s'il n'était pas rancunier, il n'en avait pour autant pas la mémoire courte... Il fit rouler sa chaise jusqu'à son ordinateur avec l'élégance des seigneurs.

— Désolé, les gars, je vous envoie mon rapport en fin de matinée. Mais pour le reste, je dois vous laisser, j'ai du pain sur la branche...

Dans l'ascenseur qui les ramenait à l'étage de la Crim', Victor posa enfin à Julien la question qui lui brûlait les lèvres et dont s'était enquis, sans exception, chaque flic qui avait un jour croisé la route du major Patrick Champfrein.

— Il est légendaire, lui… Il le fait exprès, ou c'est une forme de dyslexie ?

Julien se surprit à donner à son nouveau collègue la même réponse que lui avait faite Jean il y a quelques années.

— Tu n'imagines pas, Victor, à quel point l'adjectif « légendaire » s'applique parfaitement à lui. C'est un des secrets les mieux gardés du 36… Quand il est arrivé à la PJ il y a vingt-cinq ans, son premier chef a remarqué qu'il avait un problème et qu'il mélangeait les proverbes. Il a trouvé ça marrant, et a décidé qu'il ne fallait surtout pas le lui faire remarquer. Il a fait passer la consigne, et la totalité de la PJ de l'époque a joué le jeu. Depuis, tout le monde le surnomme Dicton, et il n'est pas au courant.

— Tu veux dire que depuis vingt-cinq ans, personne ne le lui a jamais dit ? Aucun des flics du 36 n'a vendu la mèche ? Et il n'a personne d'autre autour de lui ?

— Il est arrivé de son île et a été directement affecté chez nous. Sa femme bosse ici, ses amis aussi. Et, comme tu t'en doutes, on est une maison d'ordinaire discrète… Mais d'après Jean, Dicton, ça a été un coup de maître… La plus belle blague que la PJ ait connue en cent ans d'existence. Et aujourd'hui, personne n'ose y mettre fin. T'imagines, si tu lui vendais la mèche ? Tu serais à jamais tricard. En dehors de ça, c'est un des meilleurs flics de l'IJ. Tu peux être sûr que sur une scène de crime, il n'y a pas un cil qui lui échappera.

En arrivant dans son bureau, Victor Queffelec avait retrouvé un regard d'adolescent bercé de romans policiers. Dans le bâtiment encore neuf qu'occupait la PJ, l'anecdote de Dicton, contée par un flic de son âge, lui avait rappelé à quel point il avait intégré une brigade particulière par son histoire et ses légendes. Il y a encore trois ans, l'épaisseur des pierres du 36, le grincement des marches qui menaient aux bureaux, la chaleur étouffante sous les combles en été et les peintures écaillées se seraient chargés de le faire… Quand les murs ne pouvaient plus témoigner, il restait toujours les voix des flics…

– 23 –

Quand la voiture banalisée pénétra dans l'enceinte de la maison centrale de Fleury-Mérogis, les mains de Valmy tremblaient. Cette sensation de malaise qu'il ressentait en passant devant un cimetière, en arpentant les couloirs d'un hôpital ou en arrivant à l'étage des gardes à vue n'était jamais aussi forte que lorsqu'il se rendait dans une prison. Un étau lui comprimait la poitrine. Un étau constitué de douleur et de colère qu'accumulaient les milliers de détenus en faisant les cent pas dans leurs cellules. Un instinct fauve, animal. Une peur indicible lui coupait le souffle. Il était la proie plus faible que la meute, consciente de son sort si elle respire trop fort.

Quand Antoine et lui mirent pied à terre, il planta son regard azur droit devant lui, et bomba le torse en pénétrant dans l'aile des femmes. Une odeur plus douce s'immisça dans ses narines. Un parfum qui dissimulait maladroitement les relents âcres de sueur froide et de déjections, de renfermé et de bouffe moisie. Il ne mit pas très longtemps à identifier les effluves de lait en poudre et de crème pour bébé qui tentaient de dominer la puanteur. Son malaise s'intensifia.

Derrière une lourde porte dont la peinture terne, vieille et bouffée par la rouille rappelait une flaque de vomi, un cri perçant fendit l'atmosphère, coupant court aux bruits de coups réguliers donnés sur les barreaux à l'aide d'une quelconque casserole, aux voix féminines et dures éraillées par la vie qui braillaient « surveillant », comme un ultime appel au secours, un râle de désespoir.

La complainte était innocente et aiguë. Le bébé qui pleurait n'avait pas conscience du monde qui l'entourait. Il n'avait encore rien connu d'autre que la détention, et développait les premiers traits de sa personnalité au diapason de la violence qui régnait en ces lieux.

Antoine adressa à Valmy un regard empli d'une rare – pour le bonhomme – mélancolie. Rien n'était pire pour lui que la dissonance cognitive qui le frappait en ce genre de situation. Antoine Belfond, élevé chez les jésuites, catholique pratiquant, marié, père de deux enfants, capitaine de police – échangiste à ses heures perdues –, ne pouvait, dans ce genre de situation, s'empêcher de réviser ses convictions concernant l'avortement.

Philippe, lui, face aux pleurs du nouveau-né, entendait babiller l'enfant qu'il n'avait jamais pu concevoir avec Élodie. Dans une prison pour femmes, les tentacules d'un instinct parental, qui pour certains étroits d'esprit ne répondait pas aux diktats de la virilité, frappaient deux hommes dans la force de l'âge.

Les quelques jours d'existence de l'enfant endolori qui chialait dans la cellule ébranlaient les certitudes des deux flics, qui tentèrent en même temps de se ressaisir, en rajustant leurs holsters vides comme on se fabrique une contenance.

Dans la petite salle réservée aux parloirs, Antoine ouvrit l'ordinateur portable et installa une imprimante miniature. C'est lui qui, d'un ton laconique, brisa le silence de plomb qui s'était installé depuis leur passage dans les coursives de Fleury-Mérogis.

— Je te laisse mener l'audition de Trinity, Philippe. T'es plus habitué que moi aux maquerelles...

— On la fait à deux, si tu veux, n'hésite pas à poser des questions. Mais je doute que ça nous serve à quoi que ce soit, tu sais ? En quatre-vingt-seize heures de garde à vue, elle n'avait rien lâché.

— C'est pas pareil. Là, on s'en tape, de son réseau. Tout ce qu'on veut, c'est savoir qui l'a appelée il y a trois jours, et pourquoi.

— On risque d'être déçus, je te préviens. On n'a pas grand-chose à lui offrir en échange...

Le bruit orageux de la porte qui se déverrouille interrompit Philippe. Dans l'embrasure se tenait une petite femme replète, bouche bée. Ses cheveux crépus étaient hirsutes, au coin de son œil, des petites cicatrices avaient provoqué des traits plus noirs encore que sa peau. Un jogging crasseux soulignait ses hanches grasses. Elle avançait la tête baissée vers les deux hommes. Quand elle leva les yeux, Philippe s'attendait à rencontrer le regard hagard de ceux que la détention a poussés dans les plus bas retranchements de leur être. Il n'en fut rien. Elle fixait les flics d'un œil alerte. Si l'année qu'elle avait passée en prison avait eu raison de sa coquetterie, son esprit n'avait pas encore subi les affres de l'enfermement.

— Bonjour, madame, je suis le commandant Valmy, et voici le capitaine Belfond. Nous sommes de la Brigade criminelle.

Trinity Johnston s'exprimait dans un français parfait, sans la moindre trace d'accent. Le résultat des dix années qu'elle avait passées à écouter pleurer sur son épaule les michetons venus se dépêtrer de leurs vices pour quelques billets.

— Qu'est-ce que vous me voulez ? J'ai déjà été jugée, je voudrais qu'on me laisse tranquille, maintenant. Il me reste deux ans à tirer…

Philippe adopta un ton moins administratif.

— Et après, Trinity ? Qu'est-ce que vous allez faire ? J'ai vu dans votre dossier que vous n'aviez pas de titre de séjour… Vous allez retourner à Benin City ?

— Comment tu sais que je suis de BC, toi ?

— J'ai travaillé à Abuja pendant un an. Et je sais que toutes les filles qui travaillent en Europe sont de Benin City…

Le visage de Trinity se fendit d'un sourire ironique qui, une seconde plus tard, laissa place à une expression de colère.

— Et tu veux que j'aille où, si je ne rentre pas. Tu penses que le président va m'inviter à dîner à l'Élysée à ma sortie ?

Valmy s'adressa à la gardienne de prison restée devant la porte.

— Vous pouvez nous laisser, s'il vous plaît ?

La matonne s'exécuta plus facilement que ne l'auraient cru les deux flics.

— Pour le président, je ne sais pas, j'ai pas son emploi du temps. En revanche, je peux te proposer un petit coup de main si tu veux rester sur le territoire.

La maquerelle éclata d'un rire gras.

— Je suppose que c'est pas pour mes beaux yeux et ma silhouette de rêve que tu veux m'aider.

— T'as un portable dans ta cellule, et il y a deux jours, tu as reçu un coup de fil. On veut juste savoir qui t'a appelé…

— J'ai pas de portable.

— Eh, Trinity, nous oblige pas à perquisitionner ta cellule. J'ai fait sortir la surveillante pour que ça reste entre nous, alors joue pas la conne. Je suis sympa, mais j'ai aussi le pouvoir de te faire passer un mois au mitard si je m'en donne la peine.

Le sourire effronté de Trinity reparut sur son visage, ce qui agaça passablement Antoine, qui tentait de conserver son flegme.

— Et si je te dis qui c'est ? Tu vas l'écrire sur ton procès-verbal à la con. J'ai déjà été arrêtée plein de fois, je sais comment ça se passe… Et d'abord, pourquoi tu veux savoir, hein ?

Valmy répondit en serrant un peu plus les dents qu'il ne l'aurait voulu, ce qui avait pour effet de souligner sa mâchoire volontaire.

— Les questions, c'est moi qui les pose. Je viens jusqu'à toi pour jouer le Père Noël… Maintenant, si tu veux rien, va te faire foutre. Je passerai pas ma vie dans ce cloaque à essayer de te faire cracher le morcif. Antoine, imprime-lui son PV et on se casse.

Il fit signer le document à Trinity Johnston, persuadé que son coup de bluff fonctionnerait. En signant, elle susurra une phrase en pidgin qui, bien qu'il ne la comprît pas, congela l'hémoglobine de Valmy. Elle s'adressait maintenant à lui à mi-voix.

— Je peux te parler seul à seul ?

Philippe regarda Antoine et lui adressa un signe de tête qui le fit aussitôt quitter la pièce.

— Je t'écoute, Trinity... Qu'est-ce que tu veux me dire ?

— Tout ce que tu dois savoir, c'est que j'en sais plus sur ton ami que tu ne le penses.

Valmy pointa vers elle un doigt menaçant.

— Je rigole pas avec ça, arrête de jouer aux devinettes avec moi. Comment tu sais que c'était mon ami ? lui demanda Valmy, les dents toujours serrées.

— Tu le sauras bien assez tôt, en tout cas, je tiens à ma vie... Je ne te dis plus rien.

— Tout ce que je veux savoir, c'est quelle fille t'a appelée il y a deux jours. Tu me balances le nom, même hors procédure, et je te devrai un service...

— J'ai deux questions pour toi... D'abord, pourquoi tu penses que c'est une fille qui m'a appelée ? Ensuite, est-ce que tu penses vraiment que nos sorciers en ont quelque chose à foutre, de ta procédure ?

Valmy tapa sur la table en métal du plat de la main. Une veine apparut sur son front. Son teint vira au rouge. Il attrapa Johnston par les épaules en vociférant.

— Quel rapport avec tes sorciers ? Tu vas arrêter de me prendre pour un con, merde !

La mama le regarda en souriant. Au moment où la porte du parloir s'ouvrit, elle s'adressa à la surveillante d'un ton monocorde.

— Je voudrais qu'on me ramène dans ma cellule, s'il vous plaît...

– 24 –

Sept mois plus tôt...

Mes baskets arpentent les trottoirs de Barbès. Je connais trop bien ces pavés, leurs aspérités, la moindre plaque d'égout. Toutes les nuits, en talons hauts. Sourire, sans cesse. Sourire quand on est morte à l'intérieur. Offrir aux regards libidineux de gros dégueulasses des yeux aguicheurs aussi faux que les orgasmes de bobonne. Les haïr quand ils me touchent, les haïr quand ils me laissent là après avoir joui, quand ils font semblant de ne pas voir qu'ils me violent. Je suis sortie. De leurs griffes, de celles de la nuit. À rallonge, moite ou froide dans ce pays qui semble n'avoir pas encore décidé de son climat. J'en suis sortie en faisant confiance au premier homme qui ne m'a pas regardée comme un corps à posséder. Ce gros flic qui m'a promis monts et merveilles si je balançais Madam. Alors, à bout, j'ai parlé. J'ai renié le juju qui me liait à elle et à cette vie d'escale. Je ne supportais plus rien, alors j'ai parlé à ce flic. Celui qui fixait, bienveillant, mes yeux pleins d'espoir. J'ai cru à la protection d'un pays qui n'est pas le mien. J'ai regardé en face le juju, craché au visage du Baba Lao, à celui de Ayelala. Renié mes racines, celles qui ont pourri à l'intérieur de moi à mesure que l'on me touchait, qui se tarissaient quand on me donnait un billet de vingt euros poisseux et chiffonné, que je glissais dans mon soutien-gorge. J'ai brisé leur loi. Notre loi, à laquelle mes ancêtres étaient soumis. J'ai tout raconté. Aux flics, puis au juge. J'y croyais. Et pendant le procès, j'étais prête à tout raconter encore. J'ai porté le nouveau nom que l'État m'avait donné. Je me suis installée dans le foyer où ils m'ont inscrite. J'ai coupé les cheveux qu'on m'a dit de couper, appris la langue qu'on m'a demandé d'apprendre. J'ai répondu à leurs questions idiotes pour avoir un certificat de français. Au fond de moi, je ne voulais que contredire la prof qui n'avait rien compris à Molière. Mais je me suis tue, dressée à ne pas faire de bruit, à fondre ma peau noire dans les zones d'ombre de ma vie que personne n'avait jamais voulu éclairer.

Puis, une nuit, le gardien du foyer s'est glissé dans ma chambre. Je l'ai laissé faire, presque par réflexe. Je savais que si je résistais, il me frapperait. Je savais aussi qu'il ne fallait pas que je sois une tête qui dépasse. Jamais. Ce que je ne savais pas, c'est que le contact de ses mains moites serait le début de ma pénitence. Je ne savais pas non plus qu'il te laisserait en souvenir, Michimaou. Que si tu étais le fruit de la haine, je ne pouvais pas faire autrement que de t'aimer. Aimer. Pour la première fois, quand je te sentais grandir en moi, j'ai compris ce que tout cela voulait dire. Tout ce qu'Alassane me faisait lire, je l'ai compris. Enfin. Tu as été la punition qu'Ayelala m'a faite. Et maintenant, j'erre sur les trottoirs de Barbès, en chemise d'hôpital. Parce qu'il n'y a que là que je trouverai le salut, que je rachèterai mes péchés. Il faut que Madam me pardonne…

– 25 –

Malgré la chaleur écrasante, les hommes assis autour de la table portaient tous un costume trois-pièces. La température de la pièce, contre laquelle tentaient tant bien que mal de lutter quelques ventilateurs aux pales grinçantes, ne les faisait pas ciller. Les huit silhouettes parlaient à mi-voix, penchées sur la table, engoncées dans des vêtements cintrés. Au bout de la salle du restaurant qui leur était réservée, une serveuse aux traits juvéniles avançait à petits pas en essayant, malgré ses talons et sa jupe serrée, de ne pas faire tomber son plateau orné de verres, de bissap et de bananes plantain frites.

Les convives réunis autour de la table en Formica étaient tous d'âge, de corpulence et de milieux différents. Pourtant, et l'on n'aurait su dire pourquoi, les diplomates, DJs et autres comptables qui formaient cette tablée disparate paraissaient taillés dans le même bois. Leur peau d'un noir profond tranchait furieusement avec la cravate bleu roi qu'ils partageaient tous et qui leur donnait l'air d'anciens étudiants d'une même université anglo-saxonne, réunis pour un gala auquel ils ne voulaient pas aller. Quand la serveuse parvint à leur niveau, elle n'osa pas les déranger ; plateau à la main, elle se figea près du mur, comme si elle cherchait à devenir un hiéroglyphe. Le premier qui la remarqua fut un type dont les traits étaient étrangement gras et burinés à la fois. Sur son crâne rond était perché un calot assorti aux cravates – le seul de l'assemblée. Il fit immédiatement signe à ses acolytes, qui se redressèrent dans les banquettes en Skaï pour libérer la table de leurs grandes mains. La jeune fille servit les boissons dans un silence de mort que seule venait interrompre la complainte des pales du ventilateur. Au premier étage de ce petit restaurant africain du boulevard Saint-Martin, ce qui rendait l'air irrespirable n'était pas la moiteur de la canicule, ni les effluves de poisson braisé qui s'échappaient de la cuisine. Ce n'étaient pas non plus les ignobles cigarettes de tabac brun que fumaient, en jouant au tiercé, quelques vieux Africains aux vêtements las et à l'air débonnaire ; et dont les volutes s'échappaient du rez-de-chaussée pour venir s'échouer sur le plafond du premier étage, dispersées au travers de la pièce par ce satané ventilateur qui couinait. Tout cela n'était rien à côté de la tension qui s'échappait de la mystérieuse tablée de Nigérians, de la lourdeur de leurs silences lorsque l'on s'approchait d'eux à portée d'ouïe, et de leurs murmures graves qui s'échouaient dans les oreilles de la serveuse, tel un bourdonnement qu'elle se faisait un devoir de ne pas déchiffrer. Tandis que le clac-clac de ses talons s'étouffait à mesure qu'elle avançait vers les cuisines, l'homme au calot prit la parole en pidgin.

— Messieurs, vous vous demandez sûrement pourquoi je vous ai réunis ici aujourd'hui…

Les sept types levèrent concomitamment la tête.

— Notre entreprise est en marche. Que nos ancêtres yorubas me pardonnent mes blasphèmes... Il est temps que nous reprenions ce qui nous appartient, peu importe le prix...

— Quels blasphèmes ? s'enquit le plus jeune du groupe, un grand type mince au regard plus doux que les autres.

L'homme au calot le foudroya d'un regard chargé de toute la colère du monde.

— Depuis quand tu es autorisé à m'interrompre ?

Comme si son courroux ne s'était pas assez exprimé par ses yeux, il frappa la table d'un énorme coup de poing, faisant voler au passage un verre et trois malheureuses plantains.

— Je vous disais donc que cette fois-ci, notre plan est imparable. Tout ce qu'il nous faut faire, c'est rester tranquilles bien sagement, attendre le bon moment pour frapper. Ce que je vous demande, messieurs, c'est quelques jours de patience supplémentaires... Restez tranquilles et ce dont rêvaient nos pères il y a soixante ans sera nôtre. Ricky est sur la bonne voie... Il a trouvé la marionnette parfaite...

Un homme aux cheveux gris, voûté sur son verre de bissap, les traits creusés par les années, fixa l'homme au calot bleu de ses yeux jaunes, légèrement rougis des excès de la vie de rebelle qu'il avait menée avant de venir se planquer à Paris. Depuis qu'il avait levé la tête, son silence avait déjà alourdi l'atmosphère de plusieurs tonnes.

— Et comment comptes-tu t'y prendre ?

La cravate de l'homme au calot lui parut soudain si serrée qu'elle priva sa pomme d'Adam d'effectuer, le long de sa glotte, une course digne de ce nom. Il répondit d'une voix étouffée.

— Puisque je vous dis que tout est entre mes mains... Pourquoi ne voulez-vous pas me faire confiance ?

De la foudre semblait maintenant sortir des pupilles du vieux.

— Parce que tu ne nous dis rien, que tu blasphèmes des rites ancestraux pour arriver au pouvoir, et que tu te crois plus malin que tout le monde. Tu penses vraiment que s'il suffisait de bafouer et travestir nos rites pour arriver à la tête du pays, d'autres ne l'auraient pas fait avant toi ? Ce qui ressortira de ton plan, ce seront quelques années de force, et une éternité d'errances dans le royaume des morts. Toi et ton Ricky êtes déjà foutus. Et nous aussi, si on te suit là-dedans. Ne compte pas sur moi.

Le vieil homme se leva plus vite que ses longues années d'existence ne le laissaient augurer, et prit congé sans se retourner sous le regard médusé des sept autres. De l'escalier, il pointa vers eux un index tordu d'arthrose et de sagesse.

— Je me tairai, parce que je suis fidèle à un serment prêté. Mais sache que jamais je ne cautionnerai ce que tu fais. Le respect des ancêtres doit prévaloir sur l'ambition. Tu sembles l'avoir oublié... Aucun sacrifice ne t'offrira le salut.

Dans l'air régnait un voltage inhabituel. Chacun se sentait sonné, ne prêtant plus attention ni au ventilateur, ni à la serveuse, ni aux papys qui fumaient en bas. Par la fenêtre du premier étage, ils regardaient la silhouette pliée en deux de leur doyen qui s'éloignait d'un pas lent sur le boulevard Saint-Martin, le regard plus furieux que jamais, en marmonnant dans sa barbe...

– 26 –

— En vingt-cinq ans de Brigade criminelle, je n'avais encore jamais vu ça…

Il y avait des phrases que le commissaire Graziani aurait voulu ne jamais prononcer, tant elles puaient la réplique de film Z. C'était pourtant ce qui lui était venu devant son quatrième cadavre depuis le début de la nuit. Une sensation de chute libre s'empara de lui, face à l'homme ventripotent allongé dans une mare de sang. Valmy n'en menait pas plus large, et Jean avait le teint cireux et l'élocution hésitante pendant qu'il parlait dans son Dictaphone, accroupi à côté du macchabée. Valmy se demanda pourquoi cette scène de crime lui assénait une telle claque dans la gueule, et pourquoi il avait l'impression que son patron et Jean avaient reçu la même mornifle. Impossible de savoir.

Ce n'était pourtant pas leur crime le plus glauque, ni leur cadavre le plus puant. Une seule fois dans leurs longues carrières, les trois flics avaient connu cette sensation. Une nuit aux relents âcres, qui resterait gravée dans les mémoires. Depuis cette nuit de merde, chacun avait inscrit en lui son récit du 13 novembre 2015.

Dans la petite ruelle, les radios grésillaient, le ballet des flics de l'Identité judiciaire était aussi précis que d'habitude. Au bout de la petite artère, la lune ronde et pleine faisait reluire ce qui restait de la façade de Notre-Dame. Ses rayons, plus indiscrets qu'à l'accoutumée, dessinaient avec une obscène précision tout ce qui se trouvait autour du corps sans vie de Gérard Mauvieux, un comptable de Besançon qui avait voulu profiter d'un séminaire à Paris pour découvrir l'île de la Cité *by night*. Jean, accroupi au niveau du torse de Mauvieux, se releva péniblement en posant les mains sur ses genoux, dans un râle que seuls connaissent les allergiques au sport, forcés à prendre des positions trop acrobatiques pour leur âge.

— Notre tueur est passé à la vitesse supérieure... Cette fois-ci, il n'a pas fait dans le détail : il lui a enfoncé son couteau dans le ventre, lui a tranché la gorge, et lui a fourré une touffe de cheveux dans le gosier. On dirait qu'il a expédié le travail, comme on bute une sentinelle.

— Comme les trois précédents, intervint Graziani qui venait de raccrocher avec le directeur de la PJ.

Valmy ne pouvait s'empêcher de regarder la lune, ne prêtant qu'une écoute flottante à la conversation de ses deux collègues. Un frisson balaya la chaleur étouffante d'un revers de manche pour s'immiscer sous sa peau. Il tenta de raccrocher les wagons.

— On est dans la merde, Jean... Elle ne s'arrêtera pas. Il est deux heures du matin, et on a déjà quatre cadavres sur les bras.

Graziani retira ses gants et vint poser ses mains sur les épaules des deux flics, à la manière d'un coach qui, bien que le championnat soit perdu d'avance, tente d'insuffler à son équipe une étincelle d'espoir.

— Et parce que des emmerdes n'arrivent jamais seules, messieurs, je vous annonce que notre cher directeur se fait harceler au téléphone par la presse. Il va falloir ouvrir les parapluies.

— Attendez, patron, comment ils sont déjà au courant, ces fouille-merde de journaleux ? vitupéra Jean.

— Jean, s'il vous plaît, on dit « fouille-merde de journalistes ». Vous savez bien que je n'aime pas l'argot… Je n'en sais rien, la fuite ne vient pas de la direction, en tout cas. Et puis, il faut les comprendre, ces chers journaux. En été, Paris s'ennuie, alors un crime de sang, c'est parfait pour meubler les colonnes et justifier un salaire… L'avantage, messieurs, c'est que notre directeur a peur pour son avenir, donc il veut tout faire pour sortir l'affaire très vite, peut-être même trop. Vous comprenez, on lui a promis un poste de préfet l'an prochain… Vu qu'avec Louis et le petit Vérin, on a six cadavres sur les bras au total, il met à notre disposition cinq groupes des DPJ[1] en appui. On se retrouve au service avec les autres à neuf heures pétantes pour un brief… (La sonnerie de son téléphone interrompit le commissaire.) Allô… Oui… OK, très bien, je vous envoie du monde.

— Qu'est-ce qui se passe, patron ? s'enquit Jean.

Le taulier lui fit signe de la boucler pendant qu'il griffonnait sur son carnet en cuir noir. Il le referma

---

1. Districts de police judiciaire : unités rattachées à la direction de la police judiciaire, réparties par secteurs et en charge d'affaires de moyenne envergure ou de crimes dont l'auteur est déjà connu.

bruyamment et rangea son Montblanc dans la poche de son gilet « POLICE JUDICIAIRE ».

— Et de cinq... On a retrouvé une nouvelle victime vers la porte de Vincennes. J'envoie Edwige et Victor sur place, ils doivent avoir fini avec le premier. En attendant, messieurs, je vous offre une cure de jouvence. Vous allez vous taper l'enquête de voisinage une fois les constatations terminées. Comme à l'époque où vous vous releviez sans craquer des genoux, Jean. Vous êtes contents ?

— On peut pas demander aux équipages de Police secours de s'en occuper ? demanda Valmy, qui s'étonna lui-même de rechigner à la tâche comme un vieux cheval.

Jean ne laissa même pas le temps au chef de répondre.

— Oublie, Philippe. On s'y colle, on peut pas se permettre de déléguer sur cette affaire.

Graziani adressa à Jean un sourire carnassier.

— Vous avez tout compris, Jean ! Mettez-vous à l'opéra, troquez les santiags contre des doubles-boucles, et vous serez mûr pour prendre ma place. On se retrouve à neuf heures tapantes dans la salle de crise de l'état-major. Moi, je file porte de Vincennes. La nuit risque d'être longue...

– 27 –

Au premier rang de la trentaine de flics qui écoutait religieusement le commissaire Graziani, les membres du groupe Belfond avaient des gueules à afficher sur un paquet de clopes. Les huit flics avaient passé la nuit à interroger des témoins, scruter l'asphalte à la recherche d'un mégot, d'un ticket de caisse ou tout ce qui pouvait leur permettre d'identifier celui, ou plus probablement celle qui avait transformé Paris en cimetière pour quadragénaires cravatés. Malgré les fenêtres renforcées, on entendait, six étages plus bas, se garer une horde de camionnettes qui supportaient les logos des grandes chaînes d'info en continu. Il était à peine neuf heures du matin, et déjà leurs habitacles vomissaient une horde de jeunes journalistes sous-payés qui allaient devoir meubler la grille éditoriale de la journée à coups de duplex inutiles et de plans d'illustration répétitifs. Pendant ce temps-là, sur des plateaux en carton-pâte, quelques experts en tout – souvent spécialistes en rien – allaient se mettre à élaborer des théories fumeuses sur l'identité du mystérieux tueur qui avait sévi cette nuit dans les rues de la capitale, révélant peut-être çà et là des détails qui mettraient en péril l'avancée de l'enquête. C'était en tout cas le fond de la pensée de la quasi totalité du groupe Belfond. Seuls Edwige et Victor voyaient dans cette tempête médiatique la stricte mise en application des principes de liberté de la presse, voire une possibilité de tourner les choses à leur avantage.

Habituellement plus cantonné aux affaires de gestion qu'aux dossiers de terrain, le directeur de la police judiciaire parisienne était venu assister au début du briefing. Son corps massif engoncé dans un costume anthracite, il prit la parole d'une voix lasse.
— Mesdames, messieurs. On fait face à une vague de crimes sans précédent en l'espace de quelques heures. Si je vous ai mis au service de la Brigade criminelle, c'est d'abord parce que je connais votre professionnalisme. Il est inutile de vous préciser que la presse s'est emparée de l'affaire. Alors, je vais vous demander d'appliquer des consignes très strictes. Le commissaire Graziani et moi-même serons les seuls interlocuteurs des journalistes. Vous ne sortirez pas du bâtiment à pied tant qu'il y aura des camions devant. Exceptionnellement, vous êtes autorisés à sortir par le parking qui donne sur le boulevard des Maréchaux. Bien entendu, si l'un d'entre vous venait à avoir l'idée d'arrondir ses fins de mois en divulguant la moindre information, il en essuiera des conséquences plus que fâcheuses pour son avenir au 36. Je compte sur vous. Le commissaire Graziani et le capitaine Belfond vont maintenant vous affranchir sur le dossier. Vous verrez, c'est une affaire que n'importe quel flic digne de ce nom devrait avoir envie de traiter. Alors, ne me décevez pas...

Quand Antoine rejoignit Graziani derrière le pupitre de la salle de crise, Jean, essoré par sa nuit blanche, sortit de son demi-sommeil et se pencha à l'oreille de Valmy.

— Dis donc, le directeur est un orateur hors pair… Il devrait aller animer les soirées loto au Club Med de Marrakech…

— Il peut pas, apparemment il a déjà été recruté pour animer des bar mitzvah…

Les deux flics étouffèrent des rires à la légèreté salvatrice.

— Au fait, cet après-midi, je vais aller voir le marabout dont Amadou m'a parlé. Tu viens avec moi ?

— Pourquoi, t'as peur d'y aller tout seul ? demanda Jean, goguenard.

— Déconne pas avec ça, Jean. Tu viens ou pas ?

— Je viens, à condition qu'on écoute du Jimi Hendrix dans la voiture… *Voodoo Child,* tu connais ?

Valmy ignora la vanne, son regard traversa la silhouette de son patron pour aller se fixer sur le mur de derrière.

— Fais ton malin. N'empêche que tu ne devrais pas faire trop de blagues avec ça, dit-il après quelques secondes de silence. Si tu savais ce que j'ai vu quand j'étais au Nigeria…

– 28 –

Niché dans une petite impasse, à quelques pas de la rue Doudeauville, le boui-boui sentait le graillon et les épices. C'était une de ces échoppes qui traversaient les années, sans que l'on sache trop comment elle parvenait à subsister. Un restaurant de spécialités nigérianes dont les cuisines ne fonctionnaient qu'à la force de quelques habitués qui commandaient plus de bières que de poulet braisé, et qui passaient le plus clair de leur temps à lire le journal sur les nappes en toile cirée, elles-mêmes protégées des éclaboussures de bière rance par une sorte de couverture translucide jaunie qui avait dû un jour être transparente. La télévision diffusait en sourdine quelques chaînes nigérianes, offrant aux immigrés nostalgiques une petite bulle de vie aux airs d'Abuja ou de Lagos. Le capharnaüm qui avait élu domicile derrière le comptoir ne choquait personne. Les sacs en toile entassés, les bouteilles de bière vides et les paquets de chips éventrés faisaient partie du paysage. Le rideau en perles qui se dressait dans l'encadrement de la porte – qui bruissait différemment selon les silhouettes – n'avait pas changé de musique depuis des lustres. Ainsi, bien que rien ne soit aux normes dans ce débit de boissons, son existence ne dérangeait pas. Comme un contrat tacite que M. Kingsley Goodluck, le propriétaire de la gargote, avait passé avec les autorités sanitaires. Une existence tolérée par l'État parce qu'elle tient plus de la survie que du business florissant. La tradition nigériane voulait que le nom de famille soit annonciateur du destin de son porteur. Ainsi, M. Goodluck, qui était constamment à découvert, et à qui son propriétaire demandait un loyer exorbitant, affichait un optimisme à toute épreuve. Quand Valmy fit cliqueter les petites billes du rideau de l'entrée, les quelques têtes présentes dans la pièce se levèrent. Qui était ce vieux beau accompagné d'une jolie brune aux airs d'étudiante ?

Lorsque Edwige Lechat pénétra dans le restaurant, l'odeur du poulet braisé vint lui fouetter les narines. Elle habitait le quartier depuis trois ans, mais ne s'était jamais aventurée dans cette petite ruelle malodorante avant, consciente que sa qualité de flic ne la protégeait pas de la faune interlope qui se nichait dans les recoins du quartier de la Goutte d'Or, où les concierges font circuler les nouvelles plus efficacement que n'importe quel journal. Depuis un quart d'heure, elle maudissait Jean de lui avoir refilé cette mission avec Philippe Valmy. « C'est formateur, petite... Tu vas voir comment un vrai flic discute avec ses indics... » Tu parles... À peine étaient-ils installés dans l'habitacle de la voiture de service que le « vrai flic » avait allumé TSF Jazz comme on bâtit un mur de silence. Têtue, elle avait bien tenté de baisser le son et de lui demander où ils allaient, mais le George Clooney du 36 s'était contenté de remonter le volume et de déblatérer sur Keith Jarrett, qui reprenait apparemment un morceau qui s'appelait *I Loves You Porgy,* et sur la chanson en question, un opéra de Gershwin repris par Nina Simone, puis par Keith Jarrett. Sa voix s'était ensuite étranglée. Il avait baissé d'une octave, et les notes du piano de Jarrett couvraient presque ses mots.

— Quand j'ai vu Élodie pour la première fois, j'ai pensé à Porgy.

Edwige remarqua que ses mains serraient le volant plus fort, contractant ses avant-bras. Un malaise inhabituel l'envahit. Elle embrassait pourtant depuis des années le malheur d'inconnus, elle, la jolie petite lieutenant que les hommes de son service envoyaient au front ; pour essuyer les larmes d'une mère dont l'enfant avait été abusé par son mari, d'un fils dont le père s'était donné la mort, de la petite sœur d'une victime d'infanticide à qui l'on expliquait que maman ne cherchait plus à la protéger.

Ces grands types baraqués, engoncés dans leur fonction de flic, qui bâtissaient des forteresses de mauvaise foi à coups de « il vaut mieux que ce soit une femme qui s'en occupe, vous êtes plus sensibles... ». Elle avait depuis longtemps compris que les mains calleuses et les biceps de ses collègues leur permettaient de se défendre bec et ongles contre toutes les brutes à battes de base-ball que comptaient les rues de la capitale, mais qu'il leur était impossible de jouer des biscotos face aux larmes d'un gamin ou aux cris d'une mère déchirant la nuit. Heureusement, la douce Edwige était là pour tout absorber et pleurer, le soir, dans ses jolis draps de coton, les drames que son job lui mettait sur la conscience.

Face à Valmy, elle s'était tue. C'était la première fois qu'un flic buriné aux yeux tristes et froids comme un hiver de campagne montrait devant elle un de ses points faibles.

Valmy traversa la pièce jusqu'au comptoir, où Goodluck, qui se débattait avec une calculette hors d'âge et des monceaux de factures, chantonnait *Fall*, de Davido. Il leur adressa un sourire Colgate, et saisit deux menus en plastique poisseux. Il parlait avec un accent aux intonations anglo-saxonnes.
— Bonjour, une table pour deux ?
— Non merci, on vient voir Emmanuel.
Les stylos se posèrent sur les *Paris Turf* et les clients se dressèrent comme des automates. Goodluck perdit son sourire.
— Qu'est-ce que vous lui voulez ?
— On a quelques questions à lui poser, voilà tout, lâcha Valmy, qui tentait de rester souriant. Nous sommes journalistes, on prépare un documentaire sur le vaudou. On nous a dit qu'Emmanuel pourrait nous aider à comprendre certaines choses. Bon, il ne faut pas vous inquiéter, hein. C'est de la presse écrite, donc on ne vous filmera pas, et puis…
Pendant qu'il brodait son bobard, les yeux de Goodluck furent attirés par l'excroissance que formait le flingue de Valmy sous sa chemise. Les regards des clients suivirent le même chemin. Une boule d'électricité explosa dans l'air. Trois secondes en suspens… Le fracas d'une table que l'on renverse, un bruit de verre brisé. Un grand type en costume anthracite se rua vers la sortie. Valmy repoussa Goodluck et chercha à sortir

son arme, quand le fuyard lui asséna une percussion de quaterback. Le flic tomba au sol, groggy.

— Edwige !!!

La flic, d'instinct, était restée au niveau de la sortie. Face au grand mec qui la chargeait, elle fit un pas de côté et lui fit un croc-en-jambe qui, allié à la puissance de sa course, propulsa l'escogriffe de deux mètres à plat ventre, la tête la première sur le trottoir. Elle se rua sur lui, s'agenouilla sur ses épaules et sortit sa paire de menottes de la poche arrière de son jean. Il ne lui laissait pas une seconde de répit, s'accrochant à la possibilité d'une fuite avec la force des désespérés. Valmy reprenait ses esprits lorsqu'il comprit ce qui se passait dans la rue et se précipita vers la mêlée. Edwige avait passé la première menotte, mais ne parvenait pas à attraper la deuxième main de la marmule, qu'il dissimulait sous son ventre. Craignant pour Edwige, Valmy se précipita vers l'homme pour lui faire une clé aux jambes qui, sous l'emprise de la douleur, décontracta ses muscles. Le type était enfin menotté, la face dans le caniveau malodorant. Un attroupement bigarré avait commencé à se former dans la ruelle. Les personnes âgées tentaient de se frayer un chemin parmi les hommes qui tenaient les murs tout en empêchant les gamins d'approcher. Les flics fouillèrent les poches de leur nouveau compagnon de jeu.

— T'as rien de dangereux, rien d'interdit sur toi ? cria Edwige.

— *No !* hurla le bonhomme.

Valmy surveillait de toute sa hauteur les alentours, aux abois tel un guetteur suricate à l'affût du danger. L'attroupement grossissait. Le flic scanna chaque visage, et fixa un homme dans la cohue, incapable de se souvenir d'où il l'avait vu. Edwige le sortit de ses pensées. Le nez du suspect pissait le sang sur le trottoir.

— J'ai trouvé une cocotte d'héro, Philippe...

— On se casse d'ici, Edwige... On verra ça au service.

Ils relevèrent tant bien que mal l'homme menotté, et se dirigèrent vers la voiture. Le suspect, sonné, avançait calmement. En traversant la foule, Valmy sentit une main se poser sur son avant-bras. L'homme qu'il connaissait. Face à lui, tout lui revint. Son regard doux de jeune veau, sa silhouette massive, et cette cicatrice sur la joue... L'homme les suivit jusqu'à leur voiture. La foule, elle, laissait planer un silence hostile. Personne ne bougeait, n'insultait, ne se montrait agressif. Simplement des murmures et des regards de défi.

Edwige s'installa à l'arrière avec le suspect menotté. Avant de s'installer au volant, Valmy s'approcha de l'homme au regard de miel. Ils échangèrent quelques mots en anglais.

— Je me souviens de vous, monsieur. Vous m'avez aidé pour mon visa à Abuja il y a six mois.

— Ah mais oui, bien sûr ! Comment allez-vous ? Rappelez-moi votre nom, répondit Valmy, dont la mention de sa mission à Abuja rendit le verbe instantanément plus châtié.

— Je m'appelle Isaac. Ça va, monsieur. Même si la France n'est pas vraiment comme je l'avais rêvée. Vous lui voulez quoi, à Emmanuel ?

— Tu le connais ?

— Tout le monde le connaît, il travaille pour l'ambassade...

Valmy glissa discrètement une carte de visite dans la main d'Isaac.

— Appelle-moi ce soir, je crois que tu me dois un service, non ?

Valmy monta dans sa voiture sans attendre sa réponse et lui adressa un clin d'œil complice. En même temps, il démarra nerveusement au bruit du deux-tons.

– 29 –

— Marc, on parle de sept homicides, dont deux collègues, tu ne vas tout de même pas me dire qu'il faut que je le foute dehors !

Les doigts crispés sur son téléphone, Graziani devenait de plus en plus livide en écoutant la réponse de son interlocuteur. Face à lui, Philippe et Antoine arboraient l'air ahuri de lapins pris dans les phares. Même pour de brillants juristes comme Antoine et Graziani, et pour un flic aguerri comme Valmy, le passage de la théorie à la pratique était toujours violent, s'agissant de la convention de Vienne. Le chef de la Crim' raccrocha si violemment qu'un morceau de plastique se détacha du combiné, rebondit sur la lampe à abat-jour vert et percuta le sous-main pour aller finir tranquillement sa course au milieu du pot à stylos en cuir qui trônait sur le bureau. À peine eut-il reposé le téléphone qu'il s'éclaircit la gorge, dans laquelle la couleuvre qu'il venait d'avaler n'avait pas fini de se prélasser.

— Messieurs, vous allez rendre à M. Emmanuel Levington son passeport diplomatique, et vous allez le remettre dehors en lui présentant les excuses de l'État français…

Le flegme et le sens de la hiérarchie qu'Antoine portait comme une seconde peau se détachèrent d'un coup comme une croûte sous laquelle se niche une infection malodorante.

— Vous vous foutez de ma gueule, patron ? Ce mec est notre seule chance de comprendre tout ce merdier. Si on le fout dehors, il va retourner se pavaner à la Goutte d'Or, on sera passés pour des cons, et si jamais il connaissait notre tueur, l'autre se planquera et on n'aura plus aucune chance de le choper.

C'est pour une fois Valmy qui tempéra les ardeurs d'Antoine ; les dîners chez l'ambassadeur de France à Abuja – ambiance Ferrero rochers et bulles qui pétillent dans du cristal l'avaient rendu plus mondain.

— Ne t'en fais pas, on ne peut pas créer un incident diplomatique juste pour entendre un gus qui nous a été vaguement pointé du doigt par un indic que j'ai même pas fait répertorier. S'il veut jouer avec les dorures et les tapis épais comme la moustache de ta belle-mère, on va la jouer comme ça.

Il s'adressa à Graziani.

— Patron, ça vous gêne si je passe quelques coups de fil ? Je suis sûr que l'ambassadeur du Nigeria serait ravi d'apprendre que son intendant traficote de l'héro dans des rues mal fréquentées au lieu de compter les gommes de Son Excellence…

— Démerdez-vous, Valmy, mais évitez de me foutre le cul dans les ronces… Pardon, le séant dans les épines. Maintenant, faites-moi sortir cet oiseau de malheur du 36 avant qu'il ne crie à la détention arbitraire.

*
* *

Le bâtiment avait beau être vieux de deux ans, l'étage des gardes à vue y était déjà terne et malodorant. Valmy, en y mettant les pieds pour la première fois depuis un an, pensa à l'expérience japonaise qui consistait à prendre deux bols de riz, à en insulter un et à embrasser l'autre chaque jour. Immanquablement, le bol de riz injurié moisissait plus vite. La présence, entre les murs, de toxicos, de poissards, d'escrocs et de grands bandits ; les cris, la douleur et les injures qui résonnaient dans les geôles faisaient pourrir les peintures plus vite. Le flic ouvrit la cellule dans laquelle l'attendait le diplomate. L'homme était immense, se tenait raide comme un chômeur en fin de droits, se donnant, par sa posture, une superbe que son statut de sous-fifre diplomatique ne lui avait jamais offerte. Son nez, qui avait doublé de volume suite à son étreinte musclée avec le trottoir, donnait au tableau une impression de grotesque que le policier aurait pu trouver à son goût s'il n'avait pas été obligé de laisser filer sa seule piste. En remettant sa cravate couleur viagra, il adressa au commandant un sourire narquois que ce dernier rêva d'effacer d'un coup de phalanges. Au lieu de cela, il articula difficilement – satanée couleuvre :

— Cher Monsieur, vous êtes libre. Avec les excuses de l'État français.

– 30 –

Enfin l'orage grondait, le ciel se raclait la gorge. Il allait déverser sur la capitale des torrents d'eau tiède qui laveraient à grandes eaux la torpeur caniculaire. Sur le boulevard du Temple, la Peugeot 208 banalisée remontait la voie de bus. Victor Queffelec était avachi dans le siège passager, les pieds sur le tableau de bord. Exténué par la nuit qu'il avait passée, le capitaine Queffelec avait pris soin de baisser le pare-soleil « POLICE » avant de se laisser bercer par la conduite de Julien. Les yeux mi-clos, il contemplait les mains de son nouveau collègue, crispées sur le volant. Chez la plupart des flics avec qui il était monté en voiture, la conduite semblait une affaire de virilité. Ils pilaient, poussaient les vitesses, faisant gronder les moteurs des véhicules administratifs, épuisant leurs freins ; avant de se plaindre, six mois plus tard, de n'avoir que des bagnoles pourries. Julien, lui, conduisait prudemment. Il manquait même un peu d'assurance. Avec la touchante prudence d'un étudiant qui aurait taxé en douce la voiture de ses parents. Il n'avait de toute évidence rien à prouver, et même si c'était le cas, il ne trouvait pas dans la pédale d'embrayage une quelconque excroissance compensatrice. Ses mains étaient glabres, on les regardait comme du velours que l'on n'a pas encore touché, mais dont on sent déjà la douceur. Ses longs doigts se posaient sur le bouton de l'autoradio pour monter légèrement le son et mieux profiter du morceau de Curtis Mayfield diffusé par la radio. Victor laissait ses paupières entrouvertes pour regarder les mains de son collègue. Paradoxalement, il leur trouvait aussi une forme de puissance. Il voyait flou comme quand, gamin, il faisait semblant de dormir lorsque ses parents entraient dans sa chambre. La vibration du téléphone de Julien le sortit de sa bulle.

— Tu peux décrocher, Victor ? J'aime pas téléphoner au volant.

Le nom d'Antoine clignotait sur l'écran. Queffelec s'exécuta.

— Antoine, c'est Victor. Julien est au volant… Ah ! Bon, ben c'est top. Pour nous, chou blanc. On a fait tous les commerces autour du lieu du crime. On a eu, dans l'ordre : celui qui n'avait plus d'espace sur son disque dur pour enregistrer les images, celui dont la caméra sert juste à dissuader, et un autre – celui-là, il a la palme d'or – qui l'éteint la nuit pour pas trop payer d'électricité. Bref, chou blanc… OK, très bien. Bonne soirée alors… À demain.

Les yeux rivés sur la route comme s'il jouait à ne pas regarder son collègue, Julien demanda :

— Du nouveau ?

— Oui, on a été obligés de libérer l'autre tache avec son héroïne, mais Valmy s'est démerdé pour obtenir un rendez-vous avec l'ambassadeur du Nigeria. Il y va demain avec le taulier. On en saura peut-être plus sur ce type. Se faire la malle en voyant des flics alors qu'il est protégé par l'immunité diplomatique... Y a vraiment des mecs timbrés.

— C'est vrai que c'est chelou. Il savait très bien qu'il s'en tirerait avec son gramme de came. Je comprends pas pourquoi il a pris le risque de se faire secouer par Valmy et Edwige... D'ailleurs, j'ai vu la tronche du type. Je pense qu'il se souviendra de son passage à la Crim'...

— Disons que le lieutenant Lechat et le commandant Valmy ont amendé la convention de Genève d'un article sur la chute inopinée de diplomate.

Julien sourit timidement à la vanne de Victor. Il transpirait son trouble par tous les pores de sa peau.

— Autre chose ?...

— Oui, Antoine a dit qu'on pouvait rentrer chez nous, pas la peine de revenir au service pour ce soir...

— Ah ! Génial ! Je rêve d'un plateau télé. Je te dépose avant de rentrer chez moi ?

— Ça marche, je suis vers Jules Joffrin, c'est ta route ?

— On va dire que oui...

Alors que les deux flics arrivaient en bas de l'immeuble de Victor, des gouttes de pluie se mirent à tomber sur le pare-brise. D'abord timides, elles gagnaient en assurance jusqu'à dresser un rideau entre la voiture et le monde. Julien se gara sur une place de livraison. Victor rangeait ses affaires dans sa sacoche, lentement. Exagérément lentement. Résigné à devoir ouvrir la portière, il se tourna vers son collègue.

— Monte prendre une bière, si tu veux. Tu ne vas pas me dire que ton plateau télé ne peut pas attendre une heure de plus...

Queffelec habitait un petit deux-pièces typiquement parisien, donc trop petit pour son physique et, de l'avis de ses parents, pour son statut social. Comme chaque fois qu'un flic entre dans un nouvel environnement, Julien se mit à fureter du regard. Un appart de célibataire. Pas mal de bouquins aux murs, quelques DVD, une télé et un canapé qui occupaient tout le salon. La cuisine était quelconque et fonctionnelle, avec un réfrigérateur de camping. De ceux qui ne peuvent pas contenir deux œufs et une bouteille de Coca sans que leur porte coince. Au fond, la porte de la chambre était entrouverte. Le flic tenta de ne pas laisser son esprit vagabonder. Il avisa dans l'entrée un énorme sac Ikea, duquel débordait une manche de veste en cuir.

— Sympa, ton dressing... Mais je suis pas fan de la couleur, dit Julien en pointant le sac du doigt.

Accroupi devant le frigo, Victor se releva, deux bières à la main. Quelques secondes décidèrent de rester suspendues dans les airs pendant qu'il prenait le temps de comprendre la remarque de son collègue.

— Ah ! C'est les affaires de mon ex. Si j'avais dû choisir, j'aurais opté pour les couleurs de Leroy Merlin. Le vert et le blanc sont moins clivants.

Julien ne répondit pas, ne retenant que l'essentiel de la remarque : son collègue préférait le vert au bleu. Il ne sut pas bien si la curiosité qui le poussait à attarder ses yeux sur le sac était celle d'un flic ou d'un mec. Toujours fut-il qu'il remarqua, au-dessus du tas de fringues, une paire de Stan Smith pointure 44. Alors, il ne sut pas s'il s'agissait de la sagacité du flic ou de la stupidité de celui qui désire, mais une question qu'il n'aurait jamais dû poser s'échappa de ses lèvres.

— Tu sortais avec Berthe au grand pied ?...

Victor ouvrit des yeux ronds comme des billes avant de marmonner.

— Pas vraiment... Des tomates cerise en apéro, ça te va ? Sinon, j'ai des Pringles...

— Des tomates cerise, c'est parfait. J'ai toujours été frustré des Pringles... Je n'arrive jamais à choper ceux du fond du paquet. Je ressors toujours de mauvaise humeur après un apéro Pringles...

Victor, qui avait un viaduc plus solide entre ses pensées et sa parole, se retint de dire que c'était étonnant, tant les doigts de Julien étaient fins.

Une heure plus tard, six cadavres de bières, un paquet de Pringles à moitié plein – ou à moitié vide, aurait sûrement dit Antoine –, et quelques queues de tomates cerise jonchaient la table basse suédoise, modèle imprononçable à vingt euros, qui habillait le tapis aux motifs vaguement persans de Victor. Les deux flics riaient aux éclats, quand un coup de tonnerre leur coupa la parole. Julien se leva.

— Je vais y aller, j'ai encore de la route, et je n'aime pas conduire bourré.

Victor apprit ce soir-là que, comme un train, un ange pouvait en cacher un autre. Ainsi, celui qui passa semblait suivi de toute sa famille. Le silence dura, et les yeux des deux hommes se croisèrent quelques secondes. Assez longtemps pour installer le trouble, pas assez pour qu'aucun n'ait le temps d'interpréter ce regard. Comme s'ils venaient de se prendre un électrochoc, ils se serrèrent la main de façon virile. Tacitement, ils savaient tous les deux qu'ils n'en parleraient jamais. Victor raccompagna Julien à la porte et la referma à toute vitesse, puis se maintint appuyé dessus comme si elle risquait de se rouvrir par magie. Une fois seul dans son petit appartement, il sentit la totalité de son être s'abandonner à une douce mélancolie.

Julien, comme à son habitude, descendit l'escalier en trottinant. Dans le hall de l'immeuble, il appuya sur le bouton d'ouverture de la lourde porte haussmannienne. Au moment de s'en saisir, il s'immobilisa l'espace d'une seconde. Les yeux clos, il murmura « Et merde ! » et remonta jusqu'au troisième étage. Devant le paillasson de Victor, il prit une grande inspiration et posa son doigt sur la sonnette. Il l'enleva quasi instantanément et fit demi-tour. Sur le palier, il s'arrêta de nouveau, haïssant son indécision. De l'autre côté du judas, Victor observait la scène. Julien, sautant dans le vide avant une séance de parachute, se précipita vers la sonnette et appuya deux coups brefs, le souffle court. Victor attendit quelques secondes avant d'ouvrir…

– 31 –

Une, deux, trois... Les yeux rivés sur la poupée, Philippe Valmy comptait les gouttes de sueur qui perlaient le long de sa colonne vertébrale. Quatre, cinq, six... Un courant d'air froid lui parcourut l'échine. La canicule n'avait plus d'effet sur lui. Plus rien n'avait d'effet. Il n'était plus homme, il était tueur. Son corps était à Paris, son esprit à Benin City. La rumeur tranquille de la ville, qui sourdait à travers les vitres de son appartement, n'était même plus bruit de fond. Seule la poupée avait son attention. La poupée qu'il avait achetée en douce, sans le dire à personne. Le même modèle que celle trouvée dans les entrailles de Louis et Maxime. Elle le fixait, la salope. De ses yeux mauvais de gadget vaudou grand public. Lui se fondait en elle. En la touchant, en la serrant dans sa main, il était celui qu'il pourchassait. Il ouvrait des ventres, faisait couler du sang. Terré, il attendait la prochaine erreur de l'assassin comme lui guettait ses victimes.

Jusqu'à il y a encore quelques jours, il était cartésien. Un éplucheur de dossier, pinailleur à l'extrême. Capable de relire mille fois les mêmes mots écrits dans la langue barbare et aride des procès-verbaux, traquant le moindre indice, la plus petite piste. La piste sur laquelle il s'aventurait, il ne la connaissait pas. L'instinct policier ne faisait pas partie de son vocabulaire. Il riait jaune quand, dans un film, les visions du flic le menaient au coupable. D'ailleurs, il ne pouvait parler d'instinct policier. Ce qui lui arrivait dépassait le cadre d'une fonction administrative. Il était chasseur, et son instinct devenait sensation.

Un verre plus tard, les yeux de la poupée lui apparurent moins menaçants. Au fil des minutes, son regard se fit presque rassurant, comme si, à travers elle, il allait enfin trouver la paix. La texture rêche de la toile de jute, l'impression, quand il la malaxait, de tenir dans ses mains une poignée de sable qui refusait de s'écouler entre les interstices de ses doigts. La couleur terne de sa robe, ses rajouts de cheveux plus inflammables qu'un bidon d'essence. Son sourire, celui du chat d'*Alice au pays des merveilles*, d'abord vicieux, puis apaisant. Elle lui avait tendu un piège dans lequel il se sentait bien. Une plénitude le gagna, qui lui rappela les joints qu'il fumait au lieu d'aller à la fac. Il l'approcha de son visage, prudemment. « À quoi tu sers, toi ? » Il posa ses lèvres sur la poupée grimaçante, comme on prend la température d'un enfant que l'on aime. En la pressant contre lui, il ferma les yeux et vit enfin s'envoler les fantômes. Le visage mauvais de Max, les yeux suppliants d'Élodie, qu'il imaginait nuit et jour. Les résultats du labo, tombés tel un couperet des années plus tôt, ceux qui le privaient d'une descendance, qui voueraient au néant le code génétique de ses yeux bleu glacier. Les femmes d'avant, aussi. La tristesse des yeux de celle que l'on quitte. Le chagrin, plus profond encore de celle qui vous quitte.

Toutes les fois où les choses n'ont pas marché. Les meubles mal montés, les canapés qui ne passent pas par la porte. Les cadavres, les vieux, les trop jeunes. Les putréfiés, ceux qui sont tombés sous ses yeux. Les petites vieilles déjà liquides, dévorées par leurs chats.

Ce petit con d'Antoine avec ses gros sabots, les photos du corps de Louis. Ses mains, qui n'avaient plus touché de femme depuis la mort d'Élodie – son contact humain le plus intime depuis lors avait été l'interpellation du dealer nigérian cet après-midi. La petite Edwige, trop fragile sous ses airs d'intello. Tout cela dansait devant ses yeux, et disparaissait. La voie était libre, il pouvait penser comme sa proie. Omniscient. Au début, ils faisaient fausse route. Des flics, puis des types lambda. Le tueur endormait ses victimes, les regardait souffrir. Puis le rythme industriel de ses derniers crimes. Il tuait sans prendre son temps. Ils n'avaient peut-être finalement pas affaire à un sadique. C'était un devoir accompli.

Une revanche ?

Il alluma son ordinateur hors d'âge, se connecta à Skype et cliqua sur le pseudo de Sanagari. De manière quasi instantanée, l'image de son ami apparut en plein écran. Dans la petite lucarne en haut à droite, le front de Valmy se baladait à la faveur d'un cadrage des plus hasardeux. Le rire discret de Sanagari fut la clé de sol de leur conversation.

— Philippe, je ne vois que tes cheveux… Comment tu fais pour bosser dans la police criminelle et ne pas savoir te servir d'une webcam ? Tu te rends compte que tu te fais mettre à l'amende par un mec qui sert des bières dans une gargote au Nigeria… Si tes collègues savaient ça.

— Sanagari, il faut qu'on parle.

Sur l'écran, Sanagari fit signe à sa femme et ses enfants de le laisser seul.

— D'accord, Philippe, mais de grâce, baisse ton écran…

Valmy s'exécuta.

— Comme ça ?

— Tu le fais exprès, maintenant je ne vois plus que ta glotte…

— Et maintenant ?

Le regard de Sanagari se fit tout à coup inquiet.

— Je crois que j'aurais préféré ne pas te voir. T'as une tête à errer entre les deux royaumes, mon pote.

— J'ai besoin de savoir, Sanagari. Je ne comprends pas ce putain de tueur.

— Parce que tu essayes de penser comme un Africain, Philippe.

— De quoi ?

— Écoute, je te connais, tu es loin d'être un esprit de colon avec un chapeau à moustiquaire, mais tu cherches à comprendre des choses qui nous dépassent. Tu ne vas pas percer des siècles de mystères en passant un an à l'ambassade d'Abuja.

Valmy se renfrogna.

— De quoi tu parles ? Et puis, qu'est-ce que t'en sais ?

— À la base, j'en savais rien, mais maintenant j'en suis sûr. Tu cherches à pénétrer des rites vaudous, tu veux te convaincre que c'est comme ça que t'y arriveras. Mais si tu veux mon avis, le crime n'a pas de frontières. Si tu essayes de comprendre le mysticisme derrière ça, tu vas te prendre les pieds dans le tapis, mon ami. Demande-toi quelle est la fin, et quel est le moyen.

— T'en as pas marre de tes phrases toutes faites ?

— J'ai rien d'autre en magasin, mec. Je suis qu'un épicier – slash –, vendeur de téléphones – slash –, débitant de boissons – slash –, connaisseur de l'humanité, parce qu'en Afrique comme en Europe, c'est au bar que les hommes viennent pleurer. Et ici, ceux qui se sentent coupables ont fait de vraies atrocités. Et ce que j'ai compris, c'est que c'est toujours une question de fin et de moyen, et que, s'il ne fallait surtout pas négliger le poids des traditions, il valait mieux les garder à distance…

— Mais Sanagari, ce que j'ai ressenti en tenant cette putain de poupée…

— C'est peut-être ce que tu voulais ressentir. L'inconscient, Freud, tout ça… Ne te demande pas par quelle magie tu l'as vécu, demande-toi juste pourquoi c'est venu dans ta tête à ce moment-là…

Sur l'écran, le visage de Valmy se fit sombre.

— Eh, désolé, Philippe. C'est tout ce que je peux te dire… Si on perçait les mystères des âmes sombres en une séance Skype, ça se saurait… Mais souvent, tout est en nous. Les réponses et les raisons de nos colères.

— Je fais que ça, chercher en moi. Mais je suis une coquille vide, tu vois. Y a rien qui me vient. Je réfléchis plus, j'agis à l'instinct.

— Et alors ? C'est si mal ?

— Tu parles comme un psy de la police… Et c'est pas un compliment…

— C'est qu'ils sont peut-être pas si cons.

— Le problème de mes collègues, c'est qu'ils ne comprennent pas tout ce qui se passe autour de ces crimes.

— Toi non plus, mon pote…

Valmy perdait peu à peu ses moyens. Comme si son canapé en cuir se dérobait sous lui. Son verre de whisky fondait entre ses mains. Son parquet semblait se désintégrer, ses murs disparaître. Il ressentit un vertige, puis l'impression de tomber, comme parfois lorsqu'il s'endormait. À la différence que son esprit était encore alerte. Il se sentit sortir de lui et se voyait d'en haut, ne contrôlait plus son corps.

*
* *

Ce sifflement strident. Est-ce le métro qui me bringuebale, souffle son haleine rauque jusque dans mon cou, ou ce bruit qui me poursuit et se rapproche, inévitable. Jusqu'ici, les métros m'ont toujours apaisée. Le sentiment, enfin, d'appartenir à une masse anonyme. Cette façon que chacun a d'éviter les regards quand il est promené dix mètres sous terre… Pendant ces trajets souterrains, je ne suis plus une femme, plus noire, et, surtout, je ne suis plus pute. Je n'étais plus pute. Anonyme, enfin. Comme si les odeurs âcres des tunnels, la faïence immaculée des stations, les barres métalliques bourrées de miasmes et le petit lapin qui se coince les doigts dans la porte avaient le pouvoir d'effacer mon regard perdu, plus explicite que du maquillage criard, et mes seins qui dépassaient maladroitement de mes fringues vulgos.

Tout cela a disparu. Hier soir, ce soir, ces sensations de plénitude made in RATP m'ont abandonnée. Une ombre me colle à la peau. Je le sais. En réalité, ce n'est pas le métro, c'est elle qui souffle dans ma nuque, elle qui me pousse à me retourner. La foule ne me protège plus de cette ombre menaçante. Elle et moi partageons plus que les particules élémentaires de l'existence. Elle reniflera mon odeur où que je sois. Ce n'est plus qu'une question de temps. Je traque les hommes, l'ombre me traque. Depuis que mon couteau a traversé le ventre du gros, je le sais. Ma pénitence sera de vivre dans la peur de ce spectre qui m'a prise en chasse. Mon dernier sentiment. Moi qui pensais que ce seraient mes années de passes cradingues qui annihileraient ma joie, ma tristesse, ma force d'aimer. Quand Michimaou a grandi en moi... quand tu as grandi en moi, fils, tout a changé. Son corps, se développant, faisait battre des ailes de libellule dans mon ventre, ces ailes faisaient vibrer chaque cellule de mon corps pour me tirer des larmes de bonheur, me donnaient l'impression, enfin, de marcher sur un nuage quand j'avais passé mon adolescence à ramper dans la crasse. Les stations défilent. Je ne sais pas encore où je vais m'arrêter. Dans la poche de mon sweat, je serre mon couteau. Michimaou ne quitte pas mes pensées. J'ai senti la vie s'éteindre en moi. La mort a envahi mes entrailles et y a anéanti l'humain, ne laissant qu'une bête, un fauve blessé qui n'a plus que peur. Peur que Michimaou reste en permanence en suspens entre notre monde et le royaume des morts, peur de ne pas réussir à satisfaire les lwas, ceux que Ricky invoque. Les lwas gourmands, assoiffés de sang. Du courant circule en moi. Soudain. Brut. Les portes du métro s'ouvrent. Je m'agrège à la vague humaine qui se déverse sur le quai. Devant moi, un homme progresse vers la sortie. Il leur ressemble, ils se ressemblent tous. L'âge et le corps dans la moyenne, et le regard de ces hommes moyens qui existent, parfois subissent et se questionnent sans jamais devoir le montrer. Ils sont les mêmes par ce regard, plus fort que les différences physiques.

Tuer. Encore. Le nouveau maillon de la chaîne alimentaire est en route vers son destin. Ma main se serre sur mon couteau. Je presse le pas derrière lui. Dans mon sac, les cheveux. L'horloge de la RATP affiche vingt-deux heures. Le jour va disparaître, et avec lui, un nouveau fragment de mes espoirs de salut.

– 32 –

Valmy ne décrochait pas de son écran. Plus rien n'avait de sens. Éclairés par la lune, les nuages dansaient, à travers sa fenêtre, une danse macabre. Son corps était échoué rue de Turenne, lui était ailleurs, loin, en suspens. Sanagari tentait de le faire revenir à lui ; il parlait si fort dans son micro-casque que l'on pouvait percevoir, en se concentrant bien, un grésillement dans les enceintes de l'ordinateur de Valmy. Face à l'image de son ami, le regard du flic était vide, et pourtant habité de quelque chose d'indéfinissable. Cet œil lui était par trop familier. Sanagari se souvint alors des cérémonies vaudoues auxquelles il avait assisté au Bénin. Quand le prêtre appelait un lwa qui prenait possession du corps d'un fidèle, l'indescriptible changement qui s'opérait dans les yeux. S'il avait été flic, il aurait pu trouver un comparatif : Valmy avait le regard d'une victime de meurtre. Une expression d'effroi, figée, qui se serait voilée d'une membrane le séparant définitivement de notre monde sans pour autant lui offrir le repos éternel.

Ce regard pouvait tout aussi bien être celui d'un flic un peu porté sur la bouteille, à qui la vie a enlevé petit à petit chaque source de bonheur. Un regard abyssal, qui embarque. Dénué d'humanité, pourtant profondément humain. Un paon à qui l'on aurait arraché les plumes une à une, pour ne plus laisser qu'un animal fragile et neurasthénique. Vulnérable. À nu. Sanagari se raisonna. Il avait beau vivre au Nigeria depuis quinze ans, le vaudou lui foutait les jetons. Face à des phénomènes comme celui-là, il laissait le Marseillais en lui prendre le dessus, et tentait de tout rationaliser. Son pote avait juste bu un coup de trop, et Paris avait agi sur sa déprime comme du gros sel dans une entaille profonde. La voix de Valmy le sortit de sa réflexion. Dieu merci, son intonation était restée la même.

— Le problème avec ces rites, c'est que personne dans mon groupe ne les prend au sérieux. On bosse sur cette enquête comme sur n'importe quelle autre... Mais notre tueur ne suivra aucune logique. Du moins aucune logique que nous connaissions. Le seul moyen de le trouver...

Une lueur sembla s'allumer dans les yeux du flic.

— Je suis sûr qu'il est dehors... En chasse...

Valmy se saisit de son arme sur la table basse et, pour la première fois depuis l'affaire de Max, chambra une cartouche. Les yeux de Sanagari, qui étaient jusque-là ceux d'un type inquiet pour son pote de comptoir, s'emplirent de panique.

— Philippe, qu'est-ce que tu fous, là ?

— Je sors. J'ai besoin de sentir la nuit...

Le flic ferma son ordinateur portable. De l'autre côté, Sanagari vit son écran devenir noir. Un vent de panique souffla sur ses épaules et le fit frissonner. Il se trouvait à cinq mille kilomètres, impuissant face à celui qui était devenu depuis quelques minutes l'inquiétant Philippe Valmy.

– 33 –

Un éclair zébra le ciel qui ne cessait de pleurer à chaudes larmes. Valmy continuait à se voir en plongée. Il marchait dans la rue, persuadé que si lui-même l'ignorait, ses pas savaient où le mener. Pendant une poignée de secondes, une pensée logique reprit le dessus. Il ne devait pas choisir ses points de chute au hasard. En vingt ans de mondaine, il connaissait tout Paris. Plus l'heure avançait, plus Paris se faisait petit. Les quelques bars et restaurants encore ouverts après deux heures du matin sentaient le chagrin et la voyoucratie. Et s'il avait embrassé le premier sans pouvoir s'en départir, il voulait éviter à tout prix de croiser la seconde et son baiser de fille facile.

Il n'en pouvait plus des braqueurs fringués comme de bons pères de famille, des dealers en break Volvo qui vous adressent un sourire mièvre avant de vous enfler profond. Les bandits sur le retour, aux mains tachées de vieillesse, sur lesquelles étaient tatoués quelques points ; souvenirs d'années de centrale qui n'avaient pas eu raison de leurs regards malicieux ornés de rides profondes comme leur sagesse, aux sillons aussi imprévisibles que leurs desseins.

Sa proie à lui n'avançait pas dans les mêmes couloirs. Elle sprintait vers l'inconnu, sans autre but connu que celui de tuer. Et ce soir, il ne voulait pas sentir une autre odeur que celle du sang. Alors, vieux loup des nuits parisiennes, il se dirigea vers une artère qui ressemblait autant à Paris que le pape à une stripteaseuse.

Une heure plus tard, la chemise trempée de pluie et de sueur, ses yeux déments se heurtèrent aux néons des Champs-Élysées. Là-bas, il ne risquerait pas de croiser de vieilles connaissances. Tout au plus quelques loulous de cité lookés comme des footballeurs qui claqueraient le produit de leur four en bouteilles de champagne dégueulasses, pour arroser des filles qui rêvent de quitter le salon Conforama de leurs vieux pour vivre une vie de poule de gangster, et qui finiraient à leur insu dans des vidéos Snapchat mal filmées.

Une délinquance dont Valmy ne s'approchait pas. Question de génération, pas de manières. Pour lui, les bandits étaient les mêmes. Il détestait les poncifs dont se délectaient les flics qui n'avaient pas senti le bitume depuis que l'euro avait cours. « Les anciens gangsters, ils avaient de la mentale. Pas comme tous les connards qu'on serre aujourd'hui dans leurs cités pourries. »

Lors d'un pot de départ arrosé, il s'était entendu répliquer : « T'as plus rien compris au film, mon vieux. Et tu te fais une image en Technicolor de braqueurs et de dealers qui, de leurs temps, étaient les mêmes enculés. Le casting change, mais pas la danse. Dans les années 1980, il y avait des enfoirés qui s'en prenaient aux femmes et aux gosses, comme maintenant. Seulement, ceux-là parlaient un langage que tu bitais, alors ils te mettaient moins les nerfs. Aujourd'hui, ils écoutent du rap autotuné, et toi t'es resté derrière, alors tu l'as mauvaise. Je te conseille d'essayer de mieux comprendre ce qui se passe autour de toi au lieu de rester dans le passé. Si tu continues à écouter Sardou et que tu passes pas un peu à Oxmo Puccino, tu vas finir retraité à courir les banquets de la PJ, pour raconter tes histoires de vieux combattant à des gamins qui t'apprendront à envoyer un e-mail en échange. La vieillesse est un naufrage, et t'as de plus en plus une tronche de *Costa Concordia*… Ou de *Titanic*, si tu préfères… »

User ses semelles sur le goudron parisien avait pris Valmy par surprise. Pas à pas, il était revenu à lui. Ses réflexes de flic le rattrapaient, il pensait rationnellement.

Seul vestige de sa *folie-dissociation-fracture dissociative* ou autre, sa présence dans le triangle d'or, quartier qu'il abhorrait. Normalement, il serait plutôt parti s'aventurer vers Belleville ou Barbès. Lui-même ne croyait pas à sa théorie de ne pas vouloir croiser de vieilles connaissances… Son téléphone sonna dans sa poche. Antoine.

— Philippe, on dérouille[1]. Le tueur a repris du service. On a découvert cinq victimes en moins d'une heure. Tu pars avec moi sur la dernière. Je passe te chercher chez toi ?

Valmy sentit son corps se tendre. Ses sens se mirent instantanément en alerte. La reconnexion avec le monde lui causa un léger vertige.

— Je suis en vadrouille vers les Champs-Élysées, tu peux me récupérer là-bas ?

---

1. Dérouiller (jargon de la Brigade criminelle) : être appelé sur une découverte de corps.

— Tu vas plutôt me rejoindre à pied, notre macchabée se trouve au 12, rue Marbeuf.

Valmy regarda autour de lui. Il se trouvait à cent mètres de la rue. Il resta silencieux de longues secondes. Même lui ne parvenait pas à y croire. Il se donna une contenance en s'éclaircissant la voix.

— J'arrive... dit-il en comptant bien s'offrir un ou deux tours de pâtés de maisons avant de se pointer.

– 34 –

Augustin Bolduc passa la porte, raide comme un étudiant en fin de mois, sans même adresser un regard à l'huissier qui la lui ouvrit. La semelle de ses Weston à lacets modèle 2018, cuir lisse cousu main, foulait la moquette épaisse de l'Élysée sans qu'il s'en émeuve plus. Cela ne faisait pourtant que trois ans qu'il était sorti de l'ENA. Après un bref passage à la Cour des comptes, il avait été promu conseiller spécial du PR, le président de la République, comme il aimait l'expliquer à ses parents chaque fois qu'il usait de ce terme d'initié. En passant devant l'une des immenses fenêtres qui donnaient sur le jardin, il s'arrêta pour en contempler la pelouse parfaitement tondue, serrant, sans s'en apercevoir, sa chemise siglée « SECRET-DÉFENSE » au plus près de son costume De Fursac. Pas mal, se dit-il, pour un jeune Morlaisien de vingt-sept ans qui, dix ans plus tôt, était le souffre-douleur de Tony Péreira, le beau gosse de terminale. Le goût amer de la cuvette des toilettes du lycée Tristan-Corbière de Morlaix envahit sa bouche. La façon dont il avait tenu bon, sacrifiant ses soirs et ses week-ends aux jeunesses socialistes. Tractant sur les marchés, allant en TER jusqu'à Rennes avec ses camarades pour asseoir leur influence aux AG des universités. Lutter. Pour la seule cause juste à ses yeux. Il contemplait sa pince à cravate, admirant son ascension fulgurante. Lui, le fils d'un contrôleur des impôts et d'une professeure de latin. Son père passait ses week-ends à peindre des soldats de plomb, quand sa mère partageait son activité professionnelle entre une classe de cinquième qui matait des pornos sur leurs iPhone pendant ses cours, et une dépression qui lui collait à la peau comme un tee-shirt en Lycra un jour de canicule. Alors, oui, Augustin avait le droit d'être fier de lui, et de bomber le torse devant la hauteur des responsabilités qui étaient les siennes. Parce que, même s'il ne se l'avouait pas, il avait le trac, là, tout de suite. Il s'apprêtait à annoncer une mauvaise nouvelle au président de la République, tout de même. Pour se donner du courage, il déverrouilla son téléphone et explora le compte Facebook de Tony Péreira. Tony n'avait pas fait Assas, lui. Il était devenu responsable de magasin dans un supermarché discount, et célébrité locale lorsqu'il avait été choisi pour incarner la marque sur de grandes affiches publicitaires partout en France. Augustin persifla : la stratégie de com' parfaite, on rend la marque plus proche des gens en présentant nos employés au physique quelconque, on économise donc en frais de modèles photo et, en leur faisant signer une décharge de droit à l'image, on peut recycler la pub comme on veut. Pauvre con de Tony… Tu t'es bien fait baiser. En scrollant le fil d'actualité de son ancien tortionnaire, il tomba sur une photo de lui avec sa femme et son fils. Sa première réflexion fut que cette famille puait la France moyenne. Ils représentaient tout ce à quoi il avait toujours voulu se soustraire. La Bretagne profonde qui coulait dans ses veines, et qu'il tentait de masquer en se faisant plus royaliste que le roi, plus parisien que les Parisiens eux-mêmes. Il serra contre son cœur les secrets d'État qu'il avait en sa possession, et se souvint avec une pointe de tristesse que personne ne l'attendait dans son deux-pièces du VIIe arrondissement, et que les seuls moments où son cœur battait la chamade se résumaient aux ventes privées de lessive sur Internet – qui lui faisaient tout de même économiser près de cent cinquante euros en un an. Augustin Bolduc se mit donc en marche en direction des plus brillants cerveaux de l'État, tentant de se persuader qu'il avait sacrifié sa vie personnelle au service de la patrie ; quand, en réalité, son dessein n'avait été que celui d'une basse revanche adolescente.

En foulant le parquet du saint des saints, le bureau du président, il tenta de ne pas regarder l'immonde tableau de Marianne qui trônait au-dessus du fauteuil du chef de l'État – depuis quand le street art avait-il sa place au milieu des ors de la République ? Pétri d'une suffisance qui avait toujours, malgré lui, masqué un trac évident, il exposa le contenu de son dossier.
— Monsieur le président, nous avons du nouveau concernant les crimes commis à Paris depuis quelques jours. Comme vous l'avez vu, l'affaire fait les gros titres depuis ce matin, et le #MeurtresParis est en *trending topic* sur Twitter. Un journaliste « expert » (Bolduc mima des guillemets autour du mot expert) vient même de dire sur une chaîne d'info en continu qu'un suspect avait été interpellé… Vous imaginez bien que c'est complètement faux, mais ça contribue à

mettre de l'huile sur le feu de la psychose. Par ailleurs, je viens de recevoir une note de la DGSI qui nous indique avoir des indices à propos de l'affaire.

Persuadé d'avoir marqué des points, Augustin fit une pause dans sa présentation, arborant un sourire autosatisfait que le président fit aussitôt disparaître.

— Et ? Transmettez sans délai à la Brigade criminelle. Il s'agit d'un tueur en série, ils savent très bien se débrouiller avec ce genre de crimes, et ils sont habitués aux médias.

Le jeune homme fit faire un tour de montagnes russes à sa pomme d'Adam.

— Pas exactement, Monsieur. Le fonctionnaire de la DGSI qui m'a transmis l'information est l'officier traitant en charge du Nigeria. Un groupe d'opposants au pouvoir aurait revendiqué les crimes.

Augustin fit une nouvelle pause, bien trop longue pour la patience d'un homme devenu l'incarnation même du pouvoir.

— Eh bien accouchez, mon vieux !

— Bien. C'est le service du commissaire Quinet, de la DGSI, qui a reçu l'information. Apparemment, le tueur est aux mains du groupe des Eiye, des révolu…

Comme il aimait à le faire, le chef de l'État lui coupa l'herbe sous le pied.

— Des révolutionnaires nigérians. Un groupe étudiant en délicatesse avec le pouvoir et qui a quitté le pays en 2011 après un coup d'État manqué. Je sais, merci.

— Ils demandent qu'on soutienne leur coup d'État.

Pendant quelques secondes, on put entendre voler les mouches de la République. Le président ferma les yeux quelques secondes. Un tic que ne remarquaient que ses proches, et qui lui permettait de faire le vide autour de lui et laisser à son esprit acéré un champ d'action optimal. Augustin savait qu'il ne fallait surtout pas intervenir.

— Bon, c'est la chienlit, mon vieux. Convoquez-moi le chef de la Brigade criminelle et le commissaire Quinet. Je veux tout le monde en salle de crise dans une heure. J'appelle le ministre des Affaires étrangères en attendant.

Le commissaire Alice Quinet cachait son visage juvénile derrière une paire de lunettes à grosses montures. Elle avait été, à vingt-cinq ans, la plus jeune commissaire de police de France. Après deux ans au commissariat de Montauban, elle avait été recrutée comme adjoint au chef de la section Afrique de la DGSI. Par le jeu de chaises musicales que créaient les congés estivaux, elle devait assurer l'intérim à la tête de son service pour le mois d'août. Michel Graziani, en la voyant arriver, crut d'abord à une mauvaise blague. La jeune fille à la voix fluette portait un tailleur strict mettant en valeur des formes qui lui avaient valu de nombreuses remarques déplacées de la part de ses camarades à l'école de police. Aujourd'hui encore, il se murmurait dans son dos qu'elle avait obtenu un poste aussi prestigieux grâce à ses mensurations plus qu'à ses qualités professionnelles. Consciente de cela, elle se sentait obligée de faire preuve de plus de sérieux et de zèle que ses homologues masculins. Après deux ans d'internat à Saint-Cyr-au-Mont-d'Or, elle avait aussi appris que beaucoup de futurs commissaires de police n'en étaient pas moins des mecs débiles dès qu'une jolie femme venait bousculer leurs certitudes de domination phallocrate. C'est ainsi qu'elle lut en Michel Graziani comme dans un livre ouvert, et qu'avant même l'arrivée du président et de ses conseillers, une guerre des polices avait pris place, avec pour tranchée les bouteilles d'Évian disposées au milieu de la table de réunion.

Graziani n'avait pas dormi de la nuit, passant son temps à ramasser des cadavres aux quatre coins de Paris. Ses équipes étaient à pied d'œuvre, grattant çà et là quelques minutes de répit, qui dans une voiture de service, qui dans un fauteuil au confort rudimentaire dont les sadiques du service du matériel avaient le secret. L'arrivée de Bolduc, annoncée par un huissier à la voix trop haut perchée pour un flic en manque de sommeil, le sortit de ses grommelleries. Les deux commissaires se levèrent comme deux diables sortis de leur boîte. Sans même écouter les deux flics, Bolduc fit tomber comme un couperet une décision qu'il n'avait pas prise.

— Madame, Monsieur. Après avis au ministère des Affaires étrangères et à la Chancellerie, il a été décidé que la Brigade criminelle resterait saisie de l'affaire. Monsieur Graziani, inutile de vous préciser à quel point il est essentiel que vous mettiez hors d'état de nuire ce dangereux meurtrier. Vous transmettrez néanmoins la totalité de votre dossier au commissaire Quinet ici présente, et la tiendrez informée en temps réel des avancées de l'enquête. Elle pourra, si elle le juge opportun, détacher plusieurs de ses hommes en observateurs au sein de votre service.

Graziani tenta d'intercéder.

— Je ne comprends pas bien, Monsieur. C'est une enquête qui ne concerne que la Brigade criminelle, pour quelle raison la DGSI serait-elle saisie ?

— Une note confidentielle-défense vous a été rédigée à ce sujet, je vous laisserai le soin d'en prendre connaissance. Votre travail est d'interpeller un tueur en série qui fait régner la terreur dans tout Paris. Il est normal que l'Élysée s'en inquiète, non ?

Graziani, après vingt-cinq ans de police, savait flairer les embrouilles mieux qu'un épagneul lever les lièvres. Il savait aussi qu'il fallait fermer son clapet et obéir face aux dorures de la République, quand elles caressaient les épaules d'un ado sorti de l'ENA et d'une commissaire bien moins naïve qu'elle n'en avait l'air.

— Très bien, Monsieur. Puis-je au moins savoir dans quel service de la DGSI travaille Mme Quinet ?

C'est elle qui lui répondit, d'une voix autoritaire qui masquait mal un timbre encore jeune.

— Pardon, mais vous n'avez pas le besoin d'en connaître.

Graziani tenta une parade de vieux poulet.

— Entre commissaires, on se tutoie dans la boîte, c'est une tradition.

— Les traditions auxquelles je suis attachée sont un peu moins familières. Parmi elles, le vouvoiement de mes aînés. (Elle s'adressa à Bolduc d'un air encore plus dur.) Puis-je disposer ? Nous avons beaucoup de travail.

Le conseiller présidentiel acquiesça en silence. Le commissaire Quinet planta une dernière fois ses yeux dans ceux de Graziani.

— J'attends de vos nouvelles dans la journée, commissaire. Pour l'instant, j'estime inutile d'envoyer des hommes en observation dans les pattes de vos enquêteurs. Ne me faites pas regretter mon choix.

Rabroué par ces hauts fonctionnaires qui, à eux deux, n'avaient pas son âge, Graziani eut un sentiment amer. L'impression d'être un grand-père à qui ses petits-enfants expliqueraient avec autorité comment se servir d'une boîte mail. Il quitta l'Élysée en pestant. Une fois dans sa voiture, il démarra en trombe et composa le numéro de Valmy.

– 35 –

Augustin Bolduc cherchait tant bien que mal à s'enfoncer un peu plus dans la banquette arrière de la voiture banalisée. Au volant, le commissaire Michel Graziani, flegmatique patron de la Brigade criminelle, s'était mû en vieux flic ronchon depuis l'arrivée dans ses pattes de cet énarque acnéique dont la suffisance n'avait d'égal que le manque de goût. Franchement, qui ose porter des chaussures marron avec un costume noir ? Valmy, à la place du mort, n'arrivait pas tout à fait à s'amuser de la métamorphose qui s'était opérée chez son chef. Bolduc, quant à lui, se souviendrait longtemps de son premier contact avec le monde de la police : un commissaire qui inventait à chaque panneau de signalisation une nouvelle injure si l'on osait bafouer son droit à la priorité à gauche, et un commandant aux traits tirés dont les yeux absents n'avaient rien à envier à ceux d'un toxicomane en plein trip. Entre le 36 et la porte de la Muette, Bolduc ne cessa de scroller son smartphone en toussotant, comme si ses expectorations avaient le pouvoir de balayer d'un souffle la gêne qui s'était lourdement invitée dans l'habitacle. Graziani bouillait et soupirait bruyamment, espérant rétablir le malaise si désagréable pour l'énarque, et somme toute réjouissant pour les deux flics.

Quand il avait insisté auprès du directeur de la PJ pour accompagner les deux enquêteurs à l'Ambassade du Nigeria et assister à l'audition du consul, l'éternel premier de la classe avait obtenu, avec force rapidité, un aller simple pour l'appendice nasal du chef de la Crim'.

Arrêté à un feu rouge de toute façon trop long, Graziani composa un SMS. Enfin, entre la porte de Passy et la porte d'Auteuil, le silence avait repris ses droits, et la berline fila au rythme de la radio de variétés que Graziani n'avait plus honte d'écouter depuis l'apparition de ses premiers cheveux gris. Posée entre le levier de vitesses et le frein à main, une Acropol[1] se mit à grésiller :

« Appel de TN Z1 à tous les postes fixes et mobiles. VMA[2] en cours rue du Ranelagh. Individus retranchés. PS sur place, coups de feu échangés. » Les deux flics se regardèrent, puis Graziani se saisit de la radio. « TN Z1 de Cristal 1[3]. Je me rends sur place, un effectif à bord. » Le commissaire pressa deux boutons, puis alluma le gyrophare posé sur le tableau de bord. Avant de démarrer, Valmy courut jusqu'au coffre pour récupérer trois gilets pare-balles. Il en tendit un à Bolduc qui lui adressa le regard d'un enfant en surpoids à qui on demande de faire des barres parallèles. Pendant que Graziani slalomait pleine balle entre les

---

1. Radio de la police.
2. Vol à main armée.
3. Indicatif du chef de la Brigade criminelle.

voitures, Valmy sortit son Glock et y chambra une cartouche. Le bruit métallique de la culasse fut pour Bolduc un déclencheur. Il tapota l'épaule du chef de la Crim', qui jeta dans le rétro un œil de renard.

— Écoutez, commissaire, il vaut mieux que je vous laisse faire votre travail, là. Déposez-moi ici, je vais prendre le métro.

Dissimulant tant bien que mal son sourire, Graziani pila entre deux voies de circulation, laissant le jeune roquet se dépatouiller pour rejoindre le trottoir. Les pneus de la voiture de service crissèrent et Augustin Bolduc la regarda s'éloigner avec le même air idiot qu'en terminale, quand Péreira lui balançait une vanne d'abruti avant de décamper, entouré de deux filles canon ; deux minutes trop tard, il trouvait une repartie cinglante qu'il laissa s'envoler comme une bulle de savon vers le monde magique des rendez-vous manqués.

Après avoir tourné dans une rue perpendiculaire, Graziani ralentit et éteignit le gyrophare. Valmy riait à gorge déployée, pour la première fois depuis très longtemps.

— Je ne vous savais pas aussi taquin, patron.

Le chef de la Crim' lui adressa une œillade malicieuse.

— Je n'en pouvais plus de cette tête d'ampoule. Vous saurez, cher Philippe, que les vieux commissaires détestent les parvenus qui viennent fourrer leur vilain nez dans les enquêtes sans demander la permission. Merci d'avoir joué le jeu. Je savais que vous aviez l'esprit facétieux sous vos airs d'ours mal léché. Et puis, s'il connaissait un peu mieux les protocoles, notre ami Bolduc saurait qu'il était tout bonnement impossible que nous soyons appelés par radio sur un VMA en cours. Il ne peut s'en prendre qu'à lui-même.

— Il n'empêche qu'on va se faire appeler Arthur quand il le découvrira.

— S'il le découvre... Encore faudrait-il qu'il ait l'idée de se renseigner, ou qu'il ose en parler à qui que ce soit. C'est le genre de mec qui n'a pas encore l'âge de savoir que c'est normal qu'il se soit fait dessus. Et puis, si les emmerdes déferlent sur nous comme la vérole sur le bas clergé, sachez que j'ai un parapluie qui protégerait d'une mousson le séant d'un hippopotame. Vous n'allez pas me dire que vous craignez pour votre carrière...

Valmy fit taire quelques secondes la plainte des cadavres, la mélopée de la magie noire et l'emprise des insomnies, pour savourer avec un ravissement surpris la verve de son patron.

— Non, et puis apparemment Jean non plus. Il a été parfait dans son rôle de corbeau sur radio police.

— Il n'y a qu'en lui que j'ai confiance pour ce genre de boutades... Et même en général.

– 36 –

Coincé entre un pressing et un immeuble style art dégueu des années 1960, le bâtiment de l'ambassade du Nigeria répondait un peu plus au standing de l'avenue Victor-Hugo où elle avait élu domicile. Après avoir passé la porte, Graziani rappela – entre ses dents – à Valmy que leurs cartes de flic n'avaient plus cours entre ces murs, et qu'ils barbotaient maintenant en eaux diplomatiques. Philippe Valmy savait que son expérience de commissaire de police conférait à Graziani une aisance dans les sphères politiques que lui-même n'aurait jamais. Et le commissaire savait qu'une année au Nigeria avait permis à Philippe d'entrevoir par la lucarne un pays dont lui-même ne connaissait rien. Tout en conservant un masque de dignité, les deux flics espéraient secrètement que leur tacite complémentarité amènerait à la réussite leur délicate opération.

Jusque dans leur assise sur le velours rouge des fauteuils mis à leur disposition, Graziani et Valmy n'avaient pas la même façon d'attendre. Toutes les deux minutes, le commissaire se levait, faisait les cent pas, s'arrêtant pour lire un article de la constitution du Nigeria encadrée au-dessus d'une cheminée en marbre. Ses chaussures à double boucle impeccablement cirées caressaient la moquette épaisse de l'ambassade dans une harmonie presque érotique. Il semblait dans son élément. Valmy, lui, tentait de dissimuler ses Timberland usées sous la table basse en marbre sur laquelle trônait un livre de photos de Lagos, qu'il feuilletait négligemment, y cherchant quelques endroits qu'il reconnaîtrait afin de se replonger dans la fausse tranquillité qu'il avait gagnée là-bas. Après une vingtaine de minutes, les semelles de Graziani connaissaient la moquette dans ses moindres recoins, et Philippe avait pu replonger quelques semaines en arrière, lorsqu'il éclusait des whiskys avec Sanagari. C'est le moment que choisit le consul pour faire son apparition. Les deux flics savaient d'avance qu'il y avait de bonnes chances pour que Son Excellence soit depuis longtemps en train de se la couler douce dans son bureau, faisant mariner ses hôtes pour bien montrer qui était le patron au sein de l'ambassade. En bon diplomate, il s'excusa néanmoins d'un timbre enjoué, et sans aucun accent.

— Messieurs, pardonnez mon retard. Prince Ferguson, consul du Nigeria à Paris et, j'en ai bien peur, ce matin hôte sans politesse. J'espère que notre salle d'attente vous aura rendu ces minutes moins pénibles.

Graziani échangea avec lui une poignée de main ferme et parfaitement manucurée.

— Excellence, nous savons à quel point votre temps est précieux. Aussi tâcherons-nous de ne pas le gaspiller.

Le consul lui adressa un sourire parfait et carnassier.

— Je saurai vous accorder tout le temps nécessaire, messieurs. Passons dans mon bureau, voulez-vous…

En pénétrant dans la pièce, Valmy ne put se retenir d'estimer le nombre d'exilés crevant de faim le long du canal Saint-Martin que l'on pourrait y loger. Au bas mot une trentaine. Le bureau trônait au milieu, rempli de dossiers et entouré de deux fauteuils en cuir. Les fenêtres, hautes comme la bibliothèque, donnaient sur un magnifique jardin à la pelouse mieux tondue que la moustache de Jean. Magnanimes, elles laissaient passer un rai de soleil qui se prélassait sur l'épais tapis persan de dix mètres de large. Au fond de la pièce, une machine à espresso formait avec deux canapés et une table basse, que le consul leur indiqua, le parfait quartet pour de longues heures de négociation.

— Installons-nous au salon. Puis-je vous offrir un café ?

Graziani connaissait chacun de ses hommes sur le bout des doigts. Aussi demanda-t-il deux allongés sans sucre sans que Valmy ait à prononcer le moindre mot. D'ailleurs, Son Excellence n'avait toujours pas entendu le son de sa voix. Les trois hommes s'assirent et, leur coupant l'herbe sous le pied avec la perfection d'une pelouse d'ambassade, le consul prit la parole.

— Monsieur le commissaire, si j'ai bien compris l'objet de votre coup de téléphone, vous souhaitez interroger mon intendant au sujet de la série de meurtres qui fait trembler la capitale depuis quelques jours. Mais, si vous me permettez de me montrer curieux, pourriez-vous me dire en quoi cela pourrait le concerner ?

— Les premiers éléments de notre enquête, Excellence, tout simplement. Pour l'instant, tout nous ramène aux réseaux criminels nigérians qui ont pris leurs quartiers dans la capitale depuis une dizaine d'années. Et une de nos sources nous a dit que M. Levington pourrait nous fournir quelques renseignements. Nous envisagions de l'interroger en tant que témoin, mais sa réaction pour le moins impulsive à l'égard de mes enquêteurs nous a hélas contraints à le placer en garde à vue sans avoir eu connaissance de sa qualité de diplomate. Bien évidemment, lorsqu'il nous en a fait part, nous l'avons libéré sans l'interroger, mais maintenant nous aimerions le faire. Il serait entendu en tant que témoin, et aucune mesure privative de liberté ne saurait, bien entendu, être prise à son encontre.

Le consul but lentement une gorgée de café dans un mug aux couleurs du ministère des Affaires étrangères. Il resta silencieux quelques secondes, scrutant minutieusement Graziani. Puis il posa ses mains sur ses genoux et se déplia avec une lenteur exagérée. Le commissaire, à qui aucune faute de goût n'échappe, en profita pour passer son interlocuteur en revue. Il fut impressionné par l'élégance du costume croisé du diplomate, d'une teinte grise qui s'harmonisait parfaitement avec sa chemise crème et sa cravate bleue. De la taille de sa moustache à la forme de ses boutons de manchette, tout chez cet homme démontrait la parfaite maîtrise de son paraître.

— Ah, quel fléau, ces réseaux. Nos services sont en lien étroit avec le ministère de l'Intérieur pour les endiguer. Croyez bien que nous faisons notre maximum. L'image de notre pays en souffre énormément, vous savez… Pour en revenir à mon intendant, si je me souviens bien, son attitude revêche lui a valu quelques ecchymoses. Et, si j'en crois les documents qui m'ont été transmis, il les doit à M. Valmy ici présent.

Philippe soufflait sur son espresso depuis le début de la rencontre, recroquevillé dans le fauteuil par lequel il aurait adoré se faire engloutir. Ferguson lui adressa un sourire digne d'un contrôleur fiscal qui découvre un compte au Panama.

— Et pourtant, je ne peux m'empêcher de noter que le commandant Valmy semble plutôt bien se porter, contrairement à mon intendant, qui a le nez fracturé.

Le flic s'apprêtait à bredouiller une réponse quand le consul décida de parachever au ciseau la tonte d'herbe qu'il avait déjà entreprise au début de leur rencontre.

— Mais je suppose qu'il a été fait usage de la force strictement nécessaire. Quoi qu'il en soit, pardonnez-moi l'expression, mais mon intendant est un fieffé con, à qui cela n'a pas dû faire de mal.

Il éclata d'un rire aussi faux et sonore qu'un orgasme de complaisance.

— Toujours est-il que je vais tâcher de le convaincre d'honorer votre convocation. Avec son salaire et son passeport diplomatique, battre le pavé de la Goutte d'Or avec de l'héroïne en poche me paraît ubuesque… Bien, messieurs, ne croyez pas je veuille vous chasser, mais j'ai un rendez-vous que je ne peux me permettre de faire attendre. Ma secrétaire va vous reconduire.

En quittant l'ambassade, les deux flics humèrent les gaz d'échappement de l'avenue Victor-Hugo. Pour parfaire sa déconfiture pulmonaire, Valmy alluma une cigarette qui absorba une partie de sa diction.

— Retors, le diplomate, patron. Vous en pensez quoi ?

— Je pense qu'on peut oublier notre témoin. Deux solutions : soit le consul le protège et il va continuer à servir tranquillement son gouvernement sans être inquiété, soit il va le renvoyer au Nigeria avec un aller simple, au mieux pour un job misérable, au pire pour la prison. Dans tous les cas, on ne le reverra pas. Mais ce n'était pas le but de l'entretien. J'avais un message à faire passer, et je pense qu'il a été entendu.

— Comment ça ?

— Ne jouez pas le lapereau de six semaines avec moi, Philippe. Vous auriez procédé exactement comme moi. Quand j'ai évoqué les liens entre notre enquête et les réseaux nigérians, il n'a pas réagi. Or ça, la presse n'en a parlé nulle part. Donc il le savait déjà.

— Il l'aura appris par des canaux diplomatiques. Maintenant qu'on a l'Élysée dans les pattes...

— C'est probable, oui. Mais nous, ça nous offre une certitude supplémentaire : on est dans un nid de frelons, et il va falloir partager les infos en circuit fermé. Encore plus que d'habitude, rien ne doit sortir du groupe.

— Ça va être pratique, avec les DPJ qui bossent pour nous en renfort.

— Ils font le voisinage, les téléphonies et la vidéo. Ils n'ont aucune raison d'en savoir plus sur les liens de l'affaire avec les réseaux nigérians ou les Eiye.

Valmy sentit son cœur se mettre à battre à la vitesse d'une mitraillette camembert période prohibition.

— De quoi vous parlez, patron ?

— Philippe, je sais que vous savez garder un secret, mais Atlan m'a craché le morceau ce matin avant que je n'aille à l'Élysée. J'apprécie votre discrétion et votre loyauté, mais n'insultez pas mon intelligence. Vous en êtes où, sur ces intellos de la pègre ?

Valmy arbora soudain la mine défaite du joueur qui abandonne la partie.

— Nulle part, j'ai bien essayé de secouer quelques-uns de mes tontons, mais que dalle. À croire que j'ai perdu de mon pouvoir de persuasion. J'avais bon espoir avec l'interrogatoire de Levington, mais maintenant que le consul va nous le faire passer sous le nez, on n'a pas le cul sorti des ronces, et puis…

La sonnerie du téléphone de Graziani interrompit Valmy au moment où il allait commencer à se plaindre un peu trop au goût de son chef. Par réflexe, le commissaire fit quelques pas pour mener sa conversation à l'écart. Il baissait la tête, soit pour se concentrer sur ce que disait son interlocuteur, soit pour admirer la plaque d'égout sur laquelle il se tenait. Il leva en direction de Valmy un doigt qu'il laissa en l'air quelques secondes, raccrocha et pressa le pas vers la voiture garée à quelques mètres.

— On fonce au 36, Philippe. L'ADN a parlé. On a le nom de notre tueur.

La voiture filait sur une voie de bus. Le commissaire Graziani parlait fort pour couvrir le bruit du deux-tons qui leur frayait un passage dans la circulation parisienne. Dans les haut-parleurs de la voiture, la voix d'Antoine avait remplacé celle de France Info. Le capitaine démarrait son exposé par téléphone.

— Figurez-vous, patron, qu'on fait fausse route. Notre tueur s'appelle Mme Kelly Ogbodo, vingt-huit ans. Les collègues de l'IJ ont remonté son ADN à partir du cheveu trouvé chez Maxime Vérin. C'est une prostituée nigériane qui a été interpellée il y a trois ans dans une rixe entre filles au bois de Vincennes. La victime avait eu dix jours d'ITT. Elle avait été condamnée à du sursis, donc fichée au FNAEG[1].

Graziani lui coupa la parole, pressant comme une théière qui siffle.

— C'est tout ce que vous avez ? Peut-être que Vérin allait aux putes…

Valmy, qui n'avait jamais entendu Graziani prononcer un mot qui ne sortait pas d'un guide des bonnes manières de la princesse de Clermont-Tonnerre, le regarda avec des yeux en forme d'aquarium. Antoine répondit.

— Non, patron. C'est pas tout ce qu'on a. On a utilisé un logiciel de reconnaissance faciale, et Julien l'a remontée sur les caméras de surveillance du métro, chaque fois aux alentours d'un cadavre, et aux bonnes heures. Hakim a réussi à remonter une ligne prépayée qu'elle a achetée. Elle borne aux bons endroits et aux bons moments sur tous les macchabées qu'on a. Franchement, ça sent bon, patron.

Sans que cela serve à quoi que ce soit, Graziani changea de file en faisant vrombir le moteur dans un changement de rapport. Comme si sa pédale d'embrayage et son levier de vitesses exprimaient pour lui son excitation.

— Vous l'avez remontée, là ?

— Pour le moment, ça borne vers le XVIIIe, autour de la Goutte d'Or. On prépare un dispositif d'interpellation. On vous attend, patron.

---

1. Fichier national automatisé des empreintes génétiques.

— J'imagine que ce n'est pas nécessaire, mais dites tout de même à Hakim qu'il ne lâche pas son écran. On arrive. On va prendre notre temps pour interpeller. Et surtout, aucune info ne doit sortir du 36. C'est bien compris, Antoine ? Celui qui balance connaîtra mes foudres !

La sulfateuse Graziani était en marche. Valmy, malgré son cuir tanné comme une selle de cow-boy, se fit tout petit, effrayé par une balle perdue.

– 37 –

Le sixième étage du 36 était une ruche à quelques minutes de la ponte royale de nouvelles élues. Des flics pressés se croisaient dans le couloir, une file d'attente s'était formée au niveau des grosses imprimantes qui crachaient des photos anthropométriques face au bureau de Graziani. Celui-ci, pendu à son téléphone, organisait avec l'état-major de la sécurité publique la traque de celle qui faisait trembler la capitale depuis quelques nuits. Edwige rédigeait un télégramme en vue de la diffusion d'un avis de recherche, Julien tentait de retoucher l'image qu'il avait réussi à trouver d'elle sur la vidéosurveillance du métro. Hakim exploitait la seule erreur qu'elle avait faite depuis le début de son périple meurtrier : souscrire une ligne téléphonique avec carte prépayée à son nom, en présentant de bonne foi sa pièce d'identité au buraliste. Victor et Antoine coordonnaient le maillage territorial des différents groupes venus en soutien pour traquer la tueuse. Jean s'était enfermé dans son bureau avec une dizaine de capsules de café, et toute la procédure, qu'il relisait, s'assurant qu'elle ne souffre d'aucun retard au moment de l'interpellation. Le rouleau compresseur de la Crim' était en marche. Il n'y avait que Valmy, sur qui tout semblait glisser comme l'averse sur le trench-coat d'un vieux flic de film noir. Il n'avait pas vu autant d'agitation dans les couloirs de la PJ depuis l'affaire Guy Georges. Les deux mille flics qui la composaient se mettaient en marche, et lui restait coi, silhouette immobile au milieu d'une marée humaine. Il emprunta les escaliers jusqu'au bureau d'Atlan. Ses pas résonnaient à mesure qu'il descendait les marches. Sa semelle égrenait les secondes, elles étaient le compte à rebours du prédateur qui perçoit sa proie tapie derrière un buisson. Un chat qui attend le bon moment pour bondir, qui fait ralentir son cœur battant contre ses tempes pour ne pas la faire fuir. Les quelques secondes où le fracas de l'adrénaline doit se taire, laisser place au murmure des derniers instants.

Il entra sans frapper dans le bureau d'Atlan. Le commissaire était debout, son arme à la ceinture, en train de harnacher son gilet pare-balles. Rien n'allait moins bien à Atlan qu'une tenue d'intervention. La lourdeur militaire du harnachement administratif détonnait autant avec ses lunettes en écailles et son costume cintré qu'un graffiti dans un salon de Buckingham Palace.

— Qu'est-ce que tu veux, Valmy ?

Philippe nota le tutoiement pendant le service, signe, chez Atlan, qu'il n'était pas l'heure de s'encombrer de conventions.

— Vous savez quoi, à la BRP, sur Kelly Ogbodo ?

— T'es le premier de ton service à venir à la pêche aux infos, c'est dingue !

— Vous me connaissez, Maurice. Je ne crois qu'au dieu des balances. Mes collègues croient en celui de la police scientifique.

— Ferme la porte, et je t'en prie, tutoie-moi. T'as passé l'âge de vouvoyer pendant les heures de service. Et puis qu'est-ce que ça veut dire, maintenant, pour toi, en service, hors service… T'es un zombie depuis le début de cette affaire… Déjà qu'à ton départ on s'inquiétait pour toi… Là, plus personne ne donne cher de ta peau.

Valmy accusa le coup. Il savait qu'Atlan, vexé de ne pas avoir été consulté avant, cherchait à asseoir sa position de chef de service. Ce qui ne l'empêcha pas de trouver la pique gratuite et facile. Il laissa passer et s'assit au bord d'une chaise, mal à l'aise, pour obtenir enfin les infos qu'il voulait.

— Kelly Ogbodo était une victime, dans le dernier dossier de Nigérianes qu'on a sorti il y a deux ans…

— Celui dont tu me parlais l'autre soir ?

— Exact.

— Et tu te souviens du nom de toutes les victimes ? T'es hypermnésique, Maurice ?

— Je me souviens du nom de la seule qui ait balancé sa maquerelle. Celle que tu es allée voir en prison. Trinity Johnston.

Valmy commença doucement à relier les points. Il laissa Atlan continuer. La seule certitude qu'il avait, c'est qu'on n'en apprenait jamais plus qu'en laissant l'autre meubler les silences.

— Tu me diras, Philippe… Comment ça se fait qu'elle ait balancé, alors que toutes les filles ont une peur bleue du sortilège du juju ? J'ai retrouvé la procédure, le PV avait été signé par un brigadier du groupe VP3. Mais quand je lui en ai demandé plus, il m'a expliqué qu'il n'avait pas mené lui-même cette audition. Tu sais comment c'est, dans les gros dossiers, parfois on s'arrange. Bref... C'est Louis qui l'avait entendue à l'époque. Et c'est sûrement lui qui l'a convaincue de se mettre à table et de balancer son réseau. Tu sais comment il était, il aurait réussi à refourguer des tongs à un cul-de-jatte... Je ne fais pas durer le suspense plus longtemps, il était assisté de Vérin pour l'audition.

Une vague d'excitation s'empara de Valmy.

— Il lui avait promis une nouvelle identité, des papiers, un appartement, et la justice n'a pas suivi, c'est ça ?

Atlan ouvrit des yeux ronds comme des billes derrière ses lunettes à double foyer.

— Eh ben même pas, figure-toi. Elle a témoigné au procès il y a trois mois, elle avait des papiers, un nouveau blase. Ils lui avaient même trouvé une formation d'interprète. Bref, tout se passait bien jusque-là... J'ai appelé le mec de l'asso de réinsertion qui suivait son dossier, elle n'a pas reçu de menaces, que dalle. En revanche, elle est tombée enceinte et a fait une fausse couche il y a trois mois. On ne sait pas qui était le père. Tu penses que ça pourrait être Louis ?

Soudain, Valmy eut l'impression qu'un champion de Rubik's Cube venait de résoudre en une seconde le casse-tête sur lequel il ramait depuis des jours.

— Non Maurice, je te le garantis. C'est pas une histoire de cul, c'est une histoire de magie noire à laquelle aucun d'entre nous n'a rien compris.

Valmy se leva et se dirigea vers la porte. Personne n'aurait imaginé qu'avec ses cent dix kilos, Atlan aurait été capable de bondir comme un tigre pour lui bloquer la sortie...

— Philippe, tu vas m'expliquer. Je viens de te donner toutes mes infos, et j'ai un homme qui a été tué. Donc tu me dis tout, et t'arrêtes tes poses de flicard mystérieux.

Les deux hommes se faisaient face. Atlan ressemblait à un bœuf, et Valmy pouvait sentir dans sa barbe le souffle de colère qui sortait de ses naseaux.

— OK, Maurice. Alors, je pense que tout tient au juju. Kelly, elle y croyait dur comme fer. Si j'en crois ce que tu me dis, elle a renoncé à ses croyances les plus profondes pour la bonne bouille de Louis et de Vérin. Elle leur a fait confiance. Et voilà que quelques mois après, elle vit un drame pas possible... Le drame de trop, si tu veux mon avis...

— Alors, elle se venge...

— T'y es pas du tout. Tu raisonnes à l'européenne, là. Laisse-moi finir. Dans les croyances vaudoues, il y a des lwas, des divinités que tu dois honorer pour être protégée. Et là, elle doit racheter sa faute. Je ne sais pas qui c'est, mais on lui demande de se racheter, et si tu veux mon avis, on la prend pour une conne. Jamais un lwa ne demandera de sacrifice humain. Notre tueuse, elle est manipulée. Maintenant, si tu veux bien, je vais aller prévenir Graziani. Si tu veux en savoir plus, t'as qu'à t'inscrire à des cours d'anthropologie. J'ai l'impression que c'est vraiment ce qui nous manque, dans la police...

– 38 –

Le soleil règne sur la ville et vient darder ses rayons sur ma nuque. Midi, je suis assise face à un café. Autour de moi, la capitale ronronne paisiblement. Tout est lent, pourtant… De l'acide me ronge les nerfs. Je dois voir Ricky ce soir. Il me dira si les lwas sont satisfaits. Si, enfin, ma quête de paix pour Michimaou peut cesser. Cette nuit, tout a été si rapide. Je ne possédais plus mon corps – m'a-t-il jamais appartenu ? La première gorgée de café fait disparaître les fantômes venus s'accrocher à moi dans mon sommeil. Sangsues moites, envahissantes. Enfin, je me détends un peu. Les spasmes qui parcourent ma main droite se calment aussi, doucement. Puis…

La caféine fait un peu trop d'effet. Une forme d'excitation s'empare de moi ; quelque chose est tout près. L'étreinte de la chasse. Ma main se dirige doucement vers mon sac. Mon couteau est là. Je le serre au point de m'en faire mal à la main. Mon cœur bat plus vite, il tape aux portes de ma poitrine, un dément qui demande à sortir de l'asile. Ses battements résonnent dans tout mon être, jusque dans mes dents. Mon regard passe d'une ombre à l'autre.

Je mets enfin le doigt dessus : j'ai l'impression d'être observée, moi que personne n'a jamais pris la peine de voir. À l'autre bout de la terrasse, mes yeux entrent en collision avec ceux d'un type. Comme un coup de foudre, la peur en plus. Je me lève doucement, il suit mon mouvement sans bouger la tête. Lui non plus ne veut pas qu'on le voie. Comme j'accélère le pas, mon attention est attirée par sa chemise. Quelque chose ne va pas dans le décor. Sa putain de chemise en lin beige est bombée au niveau de la taille. Tout ralentit enfin. Les scooters ne filent plus, le serveur n'est plus pressé. Mes jambes, elles, se contractent. Tressautent nerveusement. J'en sens chaque muscle. Le type m'a vue, se lève. Il est mince, mais vieux. J'ai une chance. Je prends mes jambes à mon cou. Au milieu de la rue encombrée, je file entre les passants comme à travers les herbes hautes. Leurs épaules viennent frôler les miennes sans ralentir ma course. Il est derrière moi. J'entends le bruit de ses pas. Il hurle : « Police, arrêtez ! » Il perd du terrain. Sa voix s'éloigne. Un autre, plus jeune, se rapproche. « À tous, de Victor, on est à son cul avec Philippe. Ça prend la rue Poulet direction Barbès. » C'est jour de marché, et je connais ces trottoirs comme ma poche. Je tente le tout pour le tout et m'engouffre dans la masse, bousculant un vendeur de plantains. De la rumeur gaie du commerce afro-parisien s'échappent quelques insultes en pidgin. Ils ne laisseront jamais passer les flics. Question de principe.

Je n'entends plus le bruit de leurs baskets. Mes jambes fatiguent. Une ruelle. Enfin. Tout tourne autour de moi. Mon regard se brouille. À quelques mètres, les couleurs d'un faux tissu wax made in China se rapprochent. Une silhouette en boubou. J'ai un sentiment de plénitude, comme si tout allait mieux se passer grâce à elle. Je tente de me relever. Impossible. Mes jambes ne répondent plus. Il court vers moi. Il est à deux mètres. Je suis encore assise par terre. Enfin, je vois son visage. Un Antillais. En boubou ? Tout va trop vite. Mes yeux sur ses mains. Le flingue qu'il serre. Je reste assise et rampe en arrière, je suis un animal pris au piège. J'ai l'impression que mes yeux l'implorent. Il me fixe, stoïque… Je pose ma main sur mon couteau, le brandis devant moi. Me ravise. Je ne peux pas encore rejoindre Michimaou. Je mets les mains en l'air. Les muscles de la sienne se compriment. Je peux décomposer le mouvement de son index sur la détente. Puis…

– 39 –

— Pour qui tu te prends, espèce de petite conne !
Les flics du 36 n'avaient encore jamais vu ni entendu Michel Graziani hausser le ton. Parler de tempête pour décrire la scène serait une injure à la colère du chef de la Brigade criminelle. Un peloton d'exécution dans le regard, il jaugeait le commissaire Alice Quinet, debout face à lui, brassard de police au bras, qui soutenait ses foudres gagnant tout à coup en envergure. Godzilla prêt à défoncer des immeubles. Les flics du groupe d'Antoine et les hommes de la DGSI se tenaient à quelques mètres, respectueux, en deux camps distincts, se jaugeant, comme prêts à en découdre. Au milieu du chaos reposait le corps de Kelly Ogbodo. Orifice d'entrée de l'ogive au milieu du front, bras en croix à côté de son couteau de chasse. Jean, que l'atmosphère tendue rendait nerveux, tenta d'enterrer la hache de guerre en s'adressant à un jeune fonctionnaire de la DGSI.
— Sacré bordel, hein… Si seulement nos tauliers communiquaient un peu. On ne serait pas en train de se faire des tartines autour d'un macchab', tu ne penses pas ?

Le type lui adressa le regard d'un banquier à qui un smicard demande un crédit.

— Je préfère ne pas vous adresser la parole avant d'avoir reçu des instructions de ma cheffe.

Jean ne put s'empêcher de pouffer de rire. Il prit ses collègues à partie, parlant assez fort pour que le gus des services secrets de Sa Majesté puisse l'entendre.

— Vu le niveau d'initiative auquel ils sont dressés, j'aimerais pas coucher avec un mec du renseignement intérieur…

La vanne du major vint s'écraser contre le trottoir crasseux de la Goutte d'or, frôlant au passage les zygomatiques de Julien et Victor.

Antoine enrageait autant que son chef, bien qu'avec moins de superbe. La faute à son physique tout en rondeur.

— Mais bordel, pour qui ils se prennent, pour venir sur notre dispositif sans nous prévenir ? C'est qui, cette gamine avec qui s'engueule le taulier ? Et pourquoi personne ne veut rien nous dire ? *Merde !*

Il prononça sa dernière phrase un peu plus fort qu'il ne l'aurait voulu, attirant l'attention des deux commissaires. Graziani prit congé de son homologue classée secret-défense, pour s'adresser enfin à ses hommes.

— Messieurs-dames, vous l'aurez compris, la jeune première de la classe avec qui je croise le fer depuis dix minutes est le commissaire Quinet, de la DGSI. Elle a été chargée de la surveillance de notre suspect sans que j'en sois averti. Les deux dispositifs se sont croisés, et paf, ça a fait une bavure. J'ai eu le directeur de la PJ en ligne. Le parquet veut nous retirer le dossier et le confier au renseignement intérieur. On est en train de se battre pour avoir une cosaisine[1].

Hakim, qui se tenait à l'arrière du groupe avec Edwige Lechat, sortit de son mutisme habituel.

— C'est quoi ce bordel, patron ? On a bossé des jours et des nuits entières sur cette affaire, c'est la plus grosse que la PJ ait traitée depuis des lustres, et du jour au lendemain on nous la retire ? Et comment ils vont faire pour enquêter, les agents secrets, sans savoir utiliser nos outils ? Chacun son métier, non ? Nous, on ne vient pas leur apprendre à mettre des journalistes politiques sur écoute…

Edwige posa une main qui se voulait apaisante sur l'épaule de son collègue. Ses yeux n'avaient plus rien de ceux d'une enfant joyeuse. À l'intérieur de ses iris couleur chocolat, la brutalité des gens trahis, résolus à ne plus rien laisser passer.

Un cadavre de serial killer sur les bras, une gamine qui lui tient tête, ses femmes et ses hommes attendant des comptes… Graziani mesurait d'un seul coup le poids de ses feuilles de chêne[2].

Alice Quinet, elle, agissait comme un lutteur de petit gabarit qui réussit, inexplicablement, à tourner la lourdeur de sa fonction à son avantage. Ses traits lisses avaient la dureté des enfants colériques. Pourtant, à l'intérieur, elle était encore une jeune femme qui avait souscrit son premier contrat d'électricité il y avait deux ans à peine ; et dont la vie sentimentale était

---

1. Cas où deux services de police sont chargés de collaborer lors d'une enquête.
2. Les galons des commissaires de police sont représentés par des glands et des feuilles de chêne.

aussi mûre qu'une cerise en décembre. Face au visage ferme de Graziani, dont les sillons semblaient creusés par l'expérience, elle se sentait vaciller. Mais il lui fallait tenir bon. Coûte que coûte. C'était l'Élysée qui donnait les instructions…

… En la personne d'Augustin Bolduc. Un type de son âge qui avait lourdement tenté de lui faire du gringue à l'arrière du sous-marin. Sous-marin duquel il n'avait évidemment pas osé sortir depuis le début du dispositif. La camionnette était devenue sa vigie. Bien sûr, il aurait dû se rendre sur la scène de crime, défendre le commissaire Quinet, et par la même occasion prendre sa revanche sur Graziani qui l'avait semé en début de journée. Mais Bolduc ne pouvait pas défendre grand-chose – il n'avait même jamais gagné une partie de bataille navale – et il lui avait toujours manqué le courage de prendre sa revanche, quelle qu'elle soit. Il absorbait les frustrations comme d'autres respirent. Elles s'accumulaient en lui, nourrissant son ego qu'il défoulait parfois sur ceux qui ne l'intimidaient pas.

Au milieu de cette guerre des polices, sous les injures d'Hakim, la colère d'Antoine, les invectives de Graziani et les postures de Quinet, une forme de torpeur s'était emparée de Valmy. Il ne pouvait détacher ses yeux du corps de Kelly. Elle gisait à un mètre de lui, sans que plus personne semble y prêter attention. Seule au milieu du périmètre de sécurité, en attente des techniciens de l'Identité judiciaire. Lui ne voyait qu'elle, et n'entendait que ses acouphènes qui avaient l'habitude de se réveiller dans des moments de stress intense. Quand certains transpirent, lui entendait siffler les trains qu'il avait loupés tout au long de sa vie. Kelly Ogbodo avait les yeux grand ouverts ; figés dans le regard suppliant de ceux qui n'ont pas achevé la quête de leur vie, et à qui on l'ôte de sang-froid.

– 40 –

La climatisation de la salle de réunion de l'hôtel Hyatt bruissait à en couvrir l'hyperventilation de toute l'assemblée. Tous cravatés de bleu, la vingtaine d'hommes nigérians étaient assis face à un pupitre vide. Au fond de la salle, à l'écart des autres, le vieil homme aux yeux jaunes persiflait, la silhouette courbée par les années et les épaules ployant sous le poids des traditions.
Lui savait. Il avait compris, au moment où leur chef les avait convoqués *via* Signal – une application de messagerie sécurisée dont il avait dû, de mauvaise grâce, apprendre le fonctionnement –, que l'événement mentionné comme « de la plus haute importance » n'était que le début de la pluie d'emmerdes qui allait s'abattre sur eux.
Lorsqu'il entendit la porte s'ouvrir derrière lui, il resserra le nœud de sa cravate bleue et se leva avec la lenteur d'un automate rouillé. Devant lui, Justyce, le benjamin de la confrérie, semblait monté sur ressorts. Arrivé du Nigeria pour faire carrière dans la musique, il avait la même compréhension des enjeux géopolitiques de son pays qu'un épagneul breton de

la physique quantique. Il portait sa cravate sur une chemisette à manches courtes, et la veste de costume grise qu'il avait enfilée pour l'occasion jurait avec son baggy duquel pendait une chaîne de portefeuille. Pour ce que lui demandait son chef, il était en revanche la recrue parfaite. Il avait pour mission de traquer sur les réseaux sociaux le moindre membre de sa diaspora à Paris. Étudiant, ingénieur expatrié, homme d'affaires ou mère de famille : dès qu'un Nigérian installé en France ouvrait un compte Instagram, il était suivi par Justyce, qui en profitait pour faire la promotion des rave-parties qu'il organisait dans des hangars désaffectés de grande banlieue. Une sorte d'œil de Moscou, à l'oreille musicale parfaite et aux tresses blond platine.

Coiffé de son calot bleu, l'homme au visage gras traversa l'assemblée, serrant au passage la main de quelques heureux élus qu'il ne choisissait jamais au hasard. Il prit place derrière son pupitre et fixa les yeux de ses confrères, laissant s'égrener quelques secondes en silence. Enfin, d'un geste qui se voulut biblique, il ordonna à ses hommes de s'asseoir. Justyce se retourna vers l'aïeul aux yeux jaunes et lui adressa un sourire surexcité.

— C'est mon premier congrès exceptionnel ! Je suis ému.

L'homme lui adressa un regard à la frontière de la tristesse et de l'effarement. Enfin, leur leader prit la parole.

— Mes frères, l'heure est grave. La construction du plan que j'ai mis en œuvre est menacée. Je viens d'apprendre que notre chèvre avait perdu la vie lors d'une opération de police.

Le leader laissa planer un silence qui disparut sous des exclamations d'effroi, dignes du public du Cirque du Soleil face à un acrobate s'écrasant sous ses yeux. Quand son annonce eut l'effet escompté, il enchaîna, ouvrant grand les bras, rassurant.

— Ne vous inquiétez pas, chers camarades. Nous avons une nouvelle corde à notre arc. J'ai reçu des instructions de nos autorités à Abuja, et je suis en mesure de vous dire que nous gardons la main.

Toute la salle était suspendue à ses lèvres. Dans sa main droite, qu'il tenait près de son visage, il actionna le bouton d'une petite télécommande. Un écran mécanique se déplia derrière lui, les lumières se firent plus faibles et une vidéo se lança. Pendant quelques secondes, le rétroprojecteur déposa une portion de l'image sur son visage, qui s'était paré d'un sourire mauvais. Il s'écarta enfin, pour laisser les membres de sa confrérie profiter pleinement du spectacle, satisfaits. Seul le vieil homme prit sa tête entre ses mains et décida de ne pas y assister plus longtemps. Les valeurs qu'il portait aux nues, les causes pour lesquelles il avait donné sa jeunesse, puis sa vie. Tout cela venait de partir en fumée dans la salle de conférence trop grande d'un palace parisien.

– 41 –

Dans la salle de crise, la table de réunion s'était transformée en arène, traversée par les invectives de tous les membres du groupe. Tous brûlaient d'un feu différent.

Valmy et Jean, impavides, regardaient Rome partir en flammes sous les yeux de Néron Graziani. Ils se donnaient l'illusion d'être des sages pour ne pas regarder la réalité telle qu'elle était : ils étaient deux vieux flics qui, pour la première fois, ne voulaient pas se battre contre les affres de l'administration. L'affaire échappait à Jean qui, à six mois de la retraite, renonçait à comprendre. Valmy, lui, avait vu Ogbodo mourir quasiment sous ses yeux. Sur une chaise vide en vis à vis, il convoqua le fantôme du flic qu'il avait été. Jeune, grand, élancé, la fringance du cow-boy de bitume. Son blouson en jean intelligemment positionné pour que l'on voie dépasser juste ce qu'il fallait du cuir de son holster, quand il arpentait les couloirs du 36. La PJ comme étendard, prêt à se battre pour un monde meilleur, à ne jamais relâcher sur le crime sa morsure de jeune loup aux yeux tendres.

En bruit de fond, il entendait Graziani expliquer d'un ton las pourquoi la DGSI était intervenue sur le dispositif. Pourquoi le parquet leur avait accordé la cosaisine en se bouchant le nez, et pourquoi il devait lui-même rendre compte à Alice Quinet du moindre de ses faits et gestes. Au fur et à mesure du discours de son chef, il voyait son spectre vieillir en face de lui. Ses traits se creuser, sa bouche s'amincir et ses yeux devenir vides. Ils avaient perdu la lueur incandescente de ses débuts. Cette étincelle, ce feu sacré qui donnait l'énergie d'avaler des boas constrictors, de passer des nuits plié en deux dans un soum, de tenir tête à ses chefs pour suivre une piste. Celle qu'il voyait dans les yeux de ses jeunes collègues.

Dans la colère noire d'Edwige, qui depuis quelques heures ignorait les principes élémentaires de la hiérarchie qu'on lui avait martelés à l'école de police. Dans celle plus contenue de Victor, qui tant bien que mal assumait son rôle d'adjoint en soutenant Antoine. Celui-ci tentait de remettre ses troupes en ordre de marche, de leur expliquer qu'ils avaient une bataille à mener. Le seul chez qui rien ne grondait était Julien. Les heures de travail n'étaient pas importantes, l'affaire non plus. Son professionnalisme s'était envolé au moment où il avait ouvert les yeux dans le lit de Victor, depuis ce matin clair où ils avaient partagé un café dans le silence gênant qui suit un orgasme déraisonnable. Il ne s'aperçut même pas que Graziani avait mis fin à la réunion. C'est la main d'Aline sur son épaule qui lui servit d'aller simple pour le réel.

— Allez, Julien. On va se fumer une clope. Tu viens ?

Victor, qui se tenait derrière elle, trouva une infinie douceur au regard que Julien leva vers eux. Particulièrement attentif à la règle de diplomatie professionnelle qui dispose qu'aucune info ne devait échapper à ceux qui n'inhalaient pas de goudron à intervalles réguliers, le groupe des fumeurs restait silencieux. Aline tirait plus vite que les autres sur sa tige, et remonta sans rien dire en l'écrasant à mi-parcours. En passant derrière Victor, elle adressa à Julien un clin d'œil de pote lourdingue. Durant les premières secondes, l'ange qui faisait son retour entre les deux hommes décida une nouvelle fois de bien appuyer sa présence. C'est Victor, la voix déformée par la fumée qu'il crachait, qui le fit disparaître.

— On ne va pas faire comme si de rien n'était, si ?

Julien savait qu'il se trouvait sur une ligne de crête. Il sentait ses mains devenir moites, une boule de stress jouait au yoyo entre son ventre et sa gorge.

— On pourrait aller boire un verre tranquillement pour en parler, non ?

Victor avait toujours été trop impatient pour se tenir à des rendez-vous ouvrant sur des discussions raisonnables. Il creva l'abcès avec maladresse.

— Julien, tu me plais. Mais je ne suis pas sûr que devenir une moitié du premier couple d'homos de la PJ aide forcément à mon intégration. Enfin, je veux dire… Si tu veux tu peux passer chez moi ce soir… Mais je ne sais pas si c'est d'une discussion dont j'aurai envie.

S'il n'avait jamais vraiment su ce qu'était la chamade, Julien avait pourtant la certitude que son cœur la battait. Il ne s'entendit même pas répondre oui, tant il entendait la voix d'Aline au moment où il lui raconterait leur discussion : « Tu tombes amoureux, et tu vas devenir un plan cul. Fais gaffe, Julien. Tu vas te faire mal… » Il avait pourtant en lui l'absurde certitude des nouveaux amoureux. Celle qui fait dire : On n'est pas comme les autres, ça peut fonctionner. Il regarda Victor écraser sa clope et repartir au front d'un pas décidé. Lui ne voulait pas remettre le nez dans son bureau. Il décida de rester à rêver quelques minutes sur un muret de la cour du 36.

— Je te jure, Edwige, que je ne touche plus à une ligne téléphonique jusqu'à la fin de l'année. Il peut aller se faire foutre, le taulier. Il aurait dû prendre ses patins, au lieu de s'écraser devant l'autre gourdasse de la DGSI…

Le besogneux Hakim avait laissé place à un petit être si dévoré par la colère qu'il ne voyait pas les yeux ronds comme des billes de sa collègue ; et qu'il en oublia que la particularité du commissaire Graziani était d'avoir un pas des plus silencieux. Ainsi, lorsque ce dernier toussota, Hakim fit volte-face, livide… La suite de la scène étonna encore plus Edwige.

— Désolé, patron, mais là, vous savez que j'ai raison… Je peux vous déposer une demande de mutation dans l'heure si vous voulez, mais je ne vais pas retirer ce que j'ai dit. Je le pense…

Graziani baissa les yeux.

— Je ne sais pas quoi vous dire, Hakim. Je ne suis pas un dictateur. Vous avez le droit de penser ce que vous voulez. Mais je vous déconseille de lâcher la téléphonie. On a besoin de vous, on est encore en cosaisine, et l'affaire n'est pas encore sortie. Tout ce qu'on a sur Ogbodo, c'est son numéro. Alors, s'il vous plaît, pressurisez-moi ça, que je puisse la mettre à l'envers aux renseignements. Rien ne nous ferait plus plaisir, non ? Et vous, Edwige, allez mettre le nez dans la procédure. Jean et Valmy sont totalement éteints, je vais tâcher d'aller les motiver, ces vieux bourricots de la PJ…

Le patron de la Brigade criminelle savait que l'on mesurait la compétence d'un chef de service à sa capacité à mobiliser ses troupes en temps de crise. Il passa donc le plus clair de sa journée à aller tirer de sa torpeur chacun des hommes qui enquêtaient sur Ogbodo. Après deux heures de pourparlers, Antoine était au garde-à-vous, prêt à se remettre en piste. Jean avait accepté en bougonnant de mettre la procédure au carré avec sa future remplaçante, et Hakim fixait enfin son écran, les lèvres pincées. Le rouleau compresseur de la Crim' avait quelques grains de sable dans les rouages, mais avançait toujours, à la seule force de conviction de Michel Graziani.

Antoine demeurait introuvable depuis de longues minutes. Seul devant la salle des scellés, il tenait de la main droite sa carte d'accès, et de la main gauche les vêtements de Kelly Ogbodo qu'il devait y déposer. Il hésitait, sachant pertinemment ce qui l'attendait derrière cette porte. Il avait la certitude que son statut de chef de groupe ne suffirait à rien pour le protéger de ce qu'il devrait affronter une nouvelle fois. Il activa la serrure électronique, qui émit un bip sympathique et un bruit de déverrouillage. Il attendit trois secondes, le clic-clac de la porte se réarma. Il prit alors une grande inspiration, désactiva de nouveau le système de sécurité et, cette fois-ci, ouvrit d'un coup sec. Elle était là, devant lui, recouverte de sang séché dans son sac à scellés. Cette connerie de poupée qui, depuis le cours que Valmy leur avait fait, ne faisait plus peur qu'à lui. Il baissa d'abord le regard, puis la fixa. Les néons du Bastion faisaient briller les petits cailloux qui lui servaient d'yeux. Mauvais. Il planta son regard dans le sien, attendant qu'elle s'anime, lui saute à la gorge. Prêt à l'affrontement. La poupée ne bougea pas. Enfin, il redevint le capitaine Belfond, catholique pratiquant, manager d'équipe, pragmatique devant l'Éternel. Il posa le sac de vêtements ensanglantés de Kelly à côté de la poupée, émit le rire étouffé de celui qui découvre une supercherie et referma la porte. Faisant disparaître définitivement, dans la nuit de l'armoire à scellés, la lueur diabolique de cette putain de poupée qui ne l'empêcherait plus jamais de dormir.

– 42 –

Il s'était mis debout face au coin du mur comme un môme au piquet, pour que la première chose qu'elle voie de lui ne soit pas son visage emporté par l'ogive. Trente ans de police lui avaient donné le réflexe de préserver sa femme. Il gisait à genoux, une auréole de sang éparse autour de lui. Sur la table basse qu'il avait rapportée de Tunis, une enveloppe au nom de Michel Graziani occupait toute la place à côté de ses lunettes à écailles. Un silence fracassant avait envahi la pièce. Le flic avait appuyé sur la queue de détente après son café. Serré, comme d'habitude. Il était encore bercé par la soie enveloppante de son peignoir quand elle était partie faire le marché, comme tous les mercredis. Le bruit de la détonation avait fait vaciller le confort bourgeois de cet immeuble de Neuilly. Les fibres épaisses de sa moquette avaient ployé sous l'hémoglobine, répandant une onde de choc qui avait eu la mauvaise idée d'entrouvrir une fenêtre glauque sur le réel. Les voisins de Maurice Atlan avaient pourtant sué sang et eau toute leur vie pour faire dessiner de parfaits trompe-l'œil sur cette maudite fenêtre. Et pour cela, ils le détesteraient sans vraiment se l'avouer. Parce qu'il n'y a rien de plus malpoli que de détester les morts.

Nicole Atlan, elle, pleurait toutes les larmes de son corps en lisant la missive que son mari lui avait laissée. Elle ne comprenait pas. Bien sûr, c'était ce que tout le monde disait toujours face à un suicidé. Si l'on comprenait, on n'avait rien fait pour l'éviter. Alors, on ne comprenait pas.

Mais Nicole n'avait rien vu venir. Elle avait épousé Maurice vingt-neuf ans plus tôt, quand il était inspecteur stagiaire. Et depuis ce jour, chaque soir sans exception elle s'endormait contre lui. Leur couple avait essuyé des bourrasques, mais ils avaient tenu bon et elle n'avait jamais dormi loin de son poitrail généreux. Pas une fois sa conscience n'avait embrassé le sommeil sans qu'elle ait senti ses lèvres charnues se poser sur son front. Il la rassurait toujours, et avait tenu sa promesse de marié en ne laissant jamais flotter dans leur air le moindre point d'interrogation… jusqu'à ce jour. Celui-là la hanterait jusqu'à la fin.

Jean se tenait debout à côté d'elle – il avait toujours été celui qui consolait les veuves et murmurait à l'oreille des concierges. Il était dans une position à la con, mal dans ses santiags. La position de celui qui a croisé le suicidé trois fois dans sa vie, sans savoir s'il était un saint, un fieffé con, une crevure ou un type dont l'aiguille balance entre tout cela selon des critères d'une objectivité douteuse. Il ressentait une peine égoïste, corporatiste.

Un flic de plus avait mis fin à ses jours.

Valmy était sonné. Il restait sur le palier avec Jean, la veuve et Graziani, attendant que le commissariat local ait fini les constatations. Depuis un an, Philippe Valmy était un boxeur dans les cordes, à qui son adversaire ne laissait aucun répit. Le suicide d'Atlan était un uppercut de plus qui lui envoyait la tête en arrière, faisant gicler un peu de sang. Où tout allait au ralenti, le cerveau ne comprenant plus rien. Puis il revenait en place, pantin désarticulé, et attendait simplement le suivant, persuadé que ça allait continuer jusqu'au KO. Seul Graziani, à qui tout échappait, piaffait d'impatience. Atlan et lui ne se connaissaient que par les pots de départ et les réunions dans le bureau du directeur. Ils n'étaient pas des flics du même acabit. Question d'époque. Seigneurs de la PJ, chacun en son royaume. L'un à la limite du vice, truculent et gouailleur, l'autre procédurier, froid et direct. Alors, pourquoi lui avoir laissé une lettre ? Depuis le début de cette enquête, le commissaire Graziani sentait son flegme lui échapper comme une poignée de sable dans la main.

Lorsque l'OPJ[1] de permanence lui remit enfin l'enveloppe, son sang passa de froid à glacé.
Il descendit quatre à quatre les escaliers en marbre de l'immeuble, s'enferma dans sa voiture. Bien calé dans le siège cuir crème de sa berline, il en reçut chaque mot comme un crochet à l'estomac.

Michel,
Je suppose que cette lettre va t'étonner. Nous n'avons jamais été proches, et soudain tu es l'une des deux personnes à qui j'ai souhaité écrire avant de me flinguer. En cela, je crée entre nous un rapport de proximité duquel tu ne peux t'enfuir. Je m'impose à toi comme un fantôme, et cela, je m'en excuse. Pourtant, tu es la seule personne qui puisse lire ces lignes et en faire

---
1. Officier de police judiciaire.

ce qu'il faut. Tu as toujours été pour moi le type le plus intègre de tout le 36, et moi tout le contraire, pour ne rien te cacher. J'ai conscience qu'en t'écrivant cela, ma mémoire sera salie. Mais ces derniers jours m'ont fait réaliser que tout cela dépassait mon intérêt pécuniaire. Pour la première fois depuis longtemps, j'agis en flic, mais je ne peux pas en regarder les conséquences en face. Tu dois sûrement te demander pourquoi, depuis le début de ton dossier, je n'ai donné qu'à Valmy mes infos sur l'affaire Johnston. C'est parce que je savais qu'il n'aurait pas le pouvoir de foutre un coup de pied dans cette fourmilière pour que tout sorte. Toi, oui. Tu aurais vu, Michel, que j'ai dissimulé une transcription d'écoutes téléphoniques. Johnston avait un contact chez les Eiye. C'est Emmanuel Levington, le gus que vous avez serré il y a quelques jours. Sa ligne tourne toujours, parce que notre commission rogatoire n'est pas close. Il n'y a que moi qui y aie accès. Alors je t'enjoins, cher Michel, à filer te connecter à mon compte PNIJ et à récupérer les zonzons[1] de la ligne 06 78 89 99 13. Peut-être que cela t'aidera à comprendre tout ce bordel. Dans mon coffre, tu trouveras aussi un enregistrement de mes échanges avec lui. Tu imagines bien que je ne l'ai pas enterré dans le dossier gratuitement. Si tu n'arrives pas à l'accrocher sur quoi que ce soit, tu peux toujours te démerder pour faire tenir la corruption active... Si son immunité diplomatique saute, ça te permettra de le faire renvoyer au Nigeria. Je suis désolé de tout ce merdier, Michel. Désolé de n'avoir jamais été le flic que tu es, et que je rêvais d'être, silencieusement.

---

1. Écoutes téléphoniques.

– 43 –

Fidèle à sa femme et à la Police nationale depuis plus de trente ans, payant ses impôts avec un mois d'avance et adepte du tri sélectif, le commissaire Graziani n'avait connu que le sommeil du juste. Il n'avait jamais retourné huit fois son oreiller pour avoir le côté froid, ni tendu l'oreille pour entendre passer dans la rue les scooters des livreurs de nuit ou le son étouffé d'une sirène. Avant cette nuit, le chef de la Crim' n'avait jamais fixé son mur plus de dix secondes, et seulement pour s'assurer qu'un cadre était bien droit. Il était loin d'imaginer que ce serait le commissaire Atlan, un type à qui il disait vaguement bonjour le matin, avec qui il n'avait jamais trinqué ni même partagé un café à la machine, qui serait à l'origine de sa première insomnie.

Comme à son habitude, il était arrivé le premier aux 36. Sept heures tapantes. Avec, sous les yeux, les valises d'un représentant en parpaings. Les flics de la Crim' avaient bossé toute la nuit sur les écoutes de la ligne qu'Atlan avait laissée tourner. Ils s'étaient réparti une année des conversations téléphoniques de Levington, afin que rien ne leur échappe. Il était bavard et peu intéressant, ce qui avait donné aux trente enquêteurs l'impression d'une nuit de conversation téléphonique avec leur belle-mère. Il arpentait les couloirs silencieux encore chargés de la tension qui envahit l'air après une nuit blanche de travail. Derrière la porte qui menait à l'open space du groupe d'Antoine, le ronronnement de l'un des ordinateurs ronflants gracieusement fournis par le ministère de l'Intérieur attira son attention. Avant d'ouvrir, il pesta contre ses hommes qui n'éteignaient jamais leurs machines. À l'oreille, il se dirigea vers le bureau du coupable avec la ferme intention d'en arracher la prise et, éventuellement, de retourner le siège de l'enquêteur qui bousillait la planète. Une manie qu'il tenait de son grand-père, instituteur hussard noir de la IIIe République, adepte des coups de règles formateurs sur les doigts. Il poussa la porte sans ménagement et tomba sur Hakim. Ils échangèrent un regard digne d'une ouverture de placard dans un vaudeville. L'ange du 36 traversa la pièce en moonwalk avant que le commissaire ne prenne la parole.

— Vous avez passé la nuit là, Hakim ?

Le jeune brigadier ignora la question et répondit plus sèchement que ne l'aurait dicté la bienséance.

— Vous inquiétez pas, patron, je ne vous ferai pas de jonction[1] pour le rabiot[2]. Ça fait huit heures que j'essaye de retracer les mouvements de Levington avec Mercure[3]. Il va tous les jeudis à la même heure dans un restaurant africain du boulevard Saint-Martin.

---

1. Jonction : feuille administrative permettant de comptabiliser les heures d'un fonctionnaire.
2. Rabiot : heures supplémentaires.
3. Mercure : logiciel de téléphonie.

— Venez dans mon bureau, les chefs de groupe ont dû me déposer des notes de synthèse des derniers mois de zonzon. On va voir si ça dit quelque chose... Et merci de ne pas jouer au fonctionnaire bougon avec moi...

— Je vous en veux, patron. Mais un collègue est mort. Alors, même si le côté politique de l'affaire me fait gerber, je bosse...

Il était vingt heures quand le dernier flic referma la porte de la salle de briefing. Mines déconfites et traits tirés, la Brigade criminelle au complet se tenait devant son chef avec un regard de défi. Valmy et Antoine, à côté de Graziani, fixaient la horde de femmes et d'hommes prêts à partir au combat. Antoine avec la fierté d'un général qui passe ses troupes en revue, Philippe de l'air que ceux qui n'y croient plus adressent à ceux dont l'espoir n'est pas mort. Comme un briquet sous une pluie drue, les yeux morts de Valmy s'allumèrent d'une lueur miraculeuse lorsqu'il vit Alice Quinet au fond de la salle. Il déployait les derniers trésors d'énergie qui lui restaient pour lui faire comprendre à quel point il n'était impressionné ni par son parcours brillantissime, ni par son habilitation secret-défense. Elle soutenait son regard sans ciller, avec la froideur d'un joueur de poker qui ne voudrait pas montrer à quel point ce flic usé jusqu'à l'âme l'impressionnait. Les mots de Graziani parvenaient indistincts aux deux adversaires. Un bruit de fond, l'effervescence du public pour un musicien qui s'apprête à monter sur scène.

— Tout d'abord, mesdames-messieurs, je tenais à vous féliciter pour l'efficacité dont vous avez fait preuve ces derniers jours. Il y a eu beaucoup de morts dans ce dossier. Vous en connaissiez certains, et je sais à quel point cela peut vous toucher. Je sais aussi combien vous auriez pu être démotivés face à l'adversité et aux nouvelles mesures prises par le parquet dans ce dossier. Et pourtant, vous avez remonté un an d'écoutes téléphoniques en une nuit. Même le commandant Valmy a décidé de se servir d'un ordinateur. Autant dire que vous m'avez soufflé. Je remercie spécialement les interprètes qui se sont mis à notre disposition pour traduire les conversations en un temps record. Je vous ai réunis ici pour vous annoncer une bonne et une mauvaise nouvelle. La mauvaise, c'est que ce n'est pas tout de suite que vous retournerez vous blottir sous votre couette. Et la bonne, c'est que votre travail a payé. J'ai passé toute la journée à synthétiser vos informations avec le commissaire Quinet, de la DGSI…

Graziani fit un signe de tête en direction de la jeune femme aux airs de jeune fille, qui resta dans le fond de la salle, la main discrètement levée, laissant le chef de la Crim' finir son exposé.

— On a identifié une quinzaine de contacts récurrents qui sont en cours d'identification chez les opérateurs. Sur ces quinze contacts, il y en a cinq avec qui il parlait d'argent, et de toute évidence de recettes liées à des activités de prostitution. Grâce aux éléments recueillis par Hakim sur la première scène de crime, on a identifié Trinity Johnston, qui continue à bosser depuis sa cellule. Les autres sont nommés X1, X2, X3, etc. Deux X sont des objectifs prioritaires pour nous. D'abord X3, qui serait, semble-t-il, un marabout régulièrement en contact avec Ogbodo et Johnston. C'est donc le trait d'union entre notre tueuse et le réseau. Le deuxième, X4, s'exprime uniquement en français et semble donner des ordres à Levington. Grâce aux bornes téléphoniques, Hakim a pu constater que dix X se réunissaient tous les jeudis soir dans un restaurant africain du boulevard Saint-Martin. C'est demain soir. Et c'est là qu'on mettra en place la souricière. L'objectif étant de loger et d'identifier chacun d'eux. Si tout va bien, le serrage se déroulera dans le restaurant lors de leur réunion de la semaine suivante. Il sera sonorisé dans la nuit, et écouté en temps réel par des effectifs de la DGSI et des interprètes. Mise en place du dispositif demain à quinze heures, histoire de surveiller les allées et venues. On n'a pas logé Levington, donc c'est notre seule chance de sortir le dossier. Celui qui se fait détroncher, je le mute comme correspondant avec la police municipale de Béziers. Des questions ?

Graziani laissa lentement retomber un silence aux airs de feuille automnale.

— Bien, messieurs-dames, bonne nuit et à demain.

– 44 –

Queffelec filait à travers les voitures sur la Vespa empruntée à la Brigade des stups pour l'occasion. Edwige se cramponnait au porte-bagages, fermant les yeux quand il évitait un rétro de justesse et se penchant parfois en arrière, comme pour arrêter un cheval lancé au galop. Avec Julien et Hakim, ils étaient en charge de suivre Levington, qui avait quitté son domicile du XVIe arrondissement quelques minutes plus tôt. Dans l'oreillette, leurs collègues donnaient la progression du métro qu'ils s'efforçaient de suivre, au cas où l'objectif monte dans un taxi pour finir son trajet.

À l'intérieur de la rame, Julien se cramponnait à la barre de station debout. Dans son tote bag aux couleurs du musée du quai Branly, son arme de service et la radio Acropol s'entrechoquaient. Il se regardait dans la vitre du métro, tentant de se persuader qu'il ne ressemblait pas à un flic. Son cœur tambourinait dans sa poitrine. Ne pas croiser le regard de Levington. Règle d'or des filoches. Comme si dans le regard d'un flic en chasse brillait une lueur que seules les proies savaient reconnaître. Mélange de peur, d'excitation et de fébrilité traîtresse. Levington lisait un journal en anglais. Tiré à quatre épingles, son éternelle cravate bleue nouée autour du cou. La chaleur étouffante avait eu l'indélicatesse de déposer des auréoles sur sa chemise crème. Le seul qui ne souffrait pas trop de cette moiteur crasseuse et asphyxiante propre au métro les jours de canicule était Hakim, bien trop concentré sur l'arrière du crâne du Nigérian, dont il guettait le moindre mouvement. Il porta discrètement son poignet au niveau de ses lèvres et, de sa main libre, appuya sur le bouton de diffusion glissé dans sa manche.

— Pour tous, on arrive au niveau de Grands-Boulevards.

Dans le casque audio – que tout le monde soupçonnait de diffuser le dernier tube à la mode –, le bruit du moteur de la Vespa masquait la voix de Victor.

— On est au niveau du McDo de Grands-Boulevards. Tu nous dis si ça bouge.

— Tu peux repartir, il est plongé dans son journal.

Victor redémarra en trombe. Edwige, agnostique convaincue, se mit à prier… juste au cas où.

Quand retentit l'alarme, Hakim vit, comme au ralenti, Levington sortir de la rame. Julien tenta de lui emboîter le pas, mais le type qui jouait à Candy Crush juste devant lui mit une seconde de trop à se bouger, et il vint embrasser les portes. Serge, le lapin rose du métro qui était collé sous son nez, aurait tout aussi bien pu lui faire un sublime doigt d'honneur. La voix d'Hakim retentit dans ses écouteurs.

— Putain, il a fait un coup de sécurité, Victor. Il a pris la direction des sorties qui sont à l'angle de la rue Montmartre.

Entendant le message, Edwige s'agrippa plus fort encore au porte-bagages. Victor fit brusquement demi-tour en plein milieu de l'avenue, embarquant dans son sillage le bruit d'une demi-douzaine de klaxons qui rendaient inaudibles les messages d'Hakim. Victor se stationna en plein milieu de l'avenue, à égale distance des deux sorties de métro. Hakim et Julien étaient largués. Aucune trace de Levington. Victor était en tension. Ses mains agrippaient si fort les poignets du scooter que tous les muscles de ses avant-bras se tendirent jusqu'à vouloir sortir de sa peau. Edwige tenta de ne pas se laisser perturber par la foule compacte à l'heure de la sortie des bureaux et des happy hours. Les deux flics passaient en revue chaque visage pour tenter de détroncher leur objectif. C'est Edwige qui tapa sur l'épaule de son collègue. « Là ! » Ils le trouvèrent au niveau de la station de taxis. Ils le suivirent des yeux, espérant qu'il s'engouffrerait dans une voiture. Après quelques pas dans cette direction, il sembla se raviser et rebroussa chemin. Victor pesta :

— L'enfoiré, il va finir à pied. Edwige, pars à son cul, j'avance vers le resto.

— T'es fou ? C'est moi qui l'ai serré, je te rappelle...

Victor ne répondit pas et planta son casque entre les mains de sa collègue pour se mettre à la poursuite de Levington. Il entendit à peine Edwige en traversant au milieu des bouchons.

— Victor ! Je sais pas conduire ça, moi ! Eh !!! Reviens !!!

C'est ainsi qu'Edwige Lechat se retrouva désemparée, à pousser un scooter vintage sur un kilomètre de trottoir des grands boulevards à une heure de grande fréquentation. Dans son oreillette, la filoche continuait. Professionnelle, elle décida, même si l'envie ne lui manquait pas, de ne pas l'arracher de colère et d'écouter la progression de ses collègues.

– 45 –

Depuis la veille au soir, un camion de déménagement était garé devant le bistrot africain. À l'intérieur de la remorque, des tables avaient été installées, un groupe électrogène indépendant permettait de faire tourner les ordinateurs sur lesquels Graziani et Quinet pilotaient le dispositif de surveillance du restaurant. Ils étaient en place depuis quatre heures, et Bolduc, assis à une table, passait des coups de téléphone lorsque Graziani se leva, lui arracha son portable des mains en lui expliquant qu'il était sur un dispositif de surveillance discrète, et que l'adjectif n'était pas là pour rien. Si la tension était palpable entre Graziani et Quinet, elle s'évaporait dès lors qu'il s'agissait de rabrouer Bolduc, qui, pour un simple « observateur de l'Élysée », cherchait un peu trop à exister au sein de l'opération. Les deux commissaires de police avaient même réussi à échanger un sourire complice au moment où l'énarque avait demandé s'il fallait qu'il porte un gilet pare-balles dans le soum. Alice Quinet, dont les zygomatiques ne se détendaient que rarement en public, lui en intima l'ordre. C'est ainsi que le pauvre Augustin Bolduc passa un après-midi caniculaire engoncé dans un gilet pare-balles qui grattait. Alors que l'énarque passait un coup de fil, Quinet chuchota à l'oreille de son homologue :

— Espérons qu'après cet épisode il appuiera auprès du ministère pour qu'ils changent la matière de ces foutus gilets.

Au fond du soum, un grand type chauve et peu avenant n'avait pas prononcé un mot depuis le début du dispositif. À peine avait-il gratifié Bolduc et Graziani d'un signe de tête. Tout absorbé qu'il était par un ordinateur fourré dans une énorme mallette dont dépassaient quelques antennes, et sur le clavier duquel il ne cessait de pianoter. C'était la première fois que le chef de la Crim' voyait à l'œuvre un IMSI catcher, un appareil qui permettait de capter n'importe quelle conversation téléphonique aux alentours. Devant son regard circonspect, Quinet lui fit l'article du nouveau jouet de la DGSI.

— On a ça depuis la nouvelle loi renseignement. C'est génial. Ça nous permet de capter toutes les conversations téléphoniques dans un rayon déterminé.

— Et dans quel rayon, exactement ? demanda le commissaire, pour qui l'imprécision était aussi exaspérante qu'un moustique qui vous tourne autour pendant un film muet.

— Ne m'obligez pas à vous redire que vous n'avez pas le besoin d'en connaître, commissaire, lui répondit Quinet d'un air mi-taquin, mi-pédant. Mais je peux vous dire que, vu les coûts de fonctionnement, si on m'a autorisé à en utiliser deux sur le dispositif, c'est que l'affaire est d'importance.

— On en a deux sur le dispo ? Je n'étais pas au courant. Où est le second ?

— ...

— J'ai compris, chère Alice. Pas la peine de me le dire une douzième fois...

Vieux briscard des relations entre hauts fonctionnaires, Graziani n'eut pas besoin de grand-chose pour sentir qu'il n'était plus maître du dispositif. Il composa un SMS à l'attention d'Antoine et de Valmy, en planque sur une terrasse le long du boulevard. « On va nous doubler sur la filoche. Ne faites remonter les infos à personne d'autre qu'à moi, sinon le dossier nous échappe. » Il hésita quelques secondes, puis appuya sur « envoyer ».

Sur l'écran de contrôle sous leurs yeux, ils virent Levington entrer dans le restaurant. Dans les cinq minutes qui suivirent, une dizaine d'hommes en cravate bleue passèrent la porte.

Une silhouette massive s'approcha un peu plus tard que les autres. Le téléphone de Graziani se mit à vibrer : Valmy. « Le type qui s'approche, c'est le consul. Il vient de passer devant nous. » Graziani tenta de ne pas montrer qu'il tremblait en tapant sa réponse. « Ne l'annoncez pas sur les ondes. » De l'autre côté de la rue, ils virent arriver une silhouette fluette. Le soleil faisait scintiller les dizaines de petites perles d'or et de diamant sur son habit traditionnel : un agbada[1] immaculé sur lequel étaient brodés des motifs géométriques, et un gobi[2] bleu ciel serti de pierres dont on ne pouvait

---

1. Agbada : habit traditionnel yoruba, composé d'un haut à manches longues descendant jusqu'aux genoux et d'un pantalon assorti.
2. Gobi : chapeau traditionnel d'Afrique de l'Ouest, dont le port est obligatoire lorsque l'on revêt l'agbada.

dire, à cette distance, si elles étaient précieuses ou en toc. Son bras droit était replié au niveau de son oreille : l'homme était au téléphone. Le grand chauve leva la tête : « Communication interceptée : je vous confirme que c'est X3. » L'information se répercuta immédiatement dans la radio. Dans un immeuble en face, Jean déclencha son appareil photo au zoom ultra-puissant.

Quinet, au comble de l'excitation, mit un coup de coude pointu dans les côtes de Graziani.

— Avec l'IMSI catcher, on va pouvoir tous les identifier.

— C'était un coup de bol, mais ils sont déjà tous à l'intérieur... Comment on va savoir qui est qui ?

— Celui qui tripote son portable pendant la réunion va déclencher la borne.

— On n'a pas réussi à mettre de caméra dans le restaurant, comment vous allez faire ?

— On a un agent sur place... Je ne peux pas vous en dire plus... (Alice fit un signe de tête en direction du grand chauve derrière l'IMSI catcher.) En revanche, commissaire, avec tout le respect que je vous dois, ne vous avisez pas de nous faire des cachotteries.

Au moment où Graziani allait se mettre en colère, son téléphone sonna. Le directeur de la PJ l'appelait. Quinet haussa un sourcil et lui fit un signe de tête qui lui intimait de décrocher. Il regarda le grand chauve au regard bovin derrière son IMSI catcher, pensa au SMS qu'il avait adressé à Antoine, à celui qu'il venait d'envoyer à Valmy et, pour la première fois en trente ans de carrière, se sentit trop vieux...

– 46 –

Augustin Bolduc grattait la plaque d'eczéma laissée par le gilet pare-balles prêté par les flics. Les insupportables démangeaisons lui rappelaient à chaque minute pourquoi l'idée de sortir de son bureau était toujours mauvaise. Et pourtant, il était là, les yeux rivés sur les mouches qui vivaient leur vie sur les nappes en plastoc jaunies du restaurant de Goodluck. Depuis qu'il avait assis son séant mal à l'aise sur l'une des vieilles chaises de jardin dépareillées du restaurant, le silence régnait dans la salle où étaient assis les habitués interrompus par le seul ploc des cartes à jouer sur les nappes, et le grincement du torchon de Goodluck, qui essuyait ses verres en observant le gamin en costard assis à la table la plus proche de la porte – erreur classique de celui qui n'a jamais eu rencard avec des types infréquentables. Il avait commandé un Coca light, il n'y en avait pas. Pas non plus de Perrier ni de Coca normal. La gargote ne servait que de la bière et, pour les quelques Nigérians du Nord – musulmans – qui s'y aventuraient, il y avait, au fond de la réserve, quelques canettes de Soda Mirinda, goût poussière-raisin. Bolduc pianotait nerveusement sur son smartphone, d'abord pour se donner une contenance, ensuite parce qu'il avait dégotté une vente privée de liquide vaisselle. Sur la raison d'État qui l'avait envoyé ici, il avait décidé, l'espace de quelques instants, de faire primer la joie de ne plus avoir à acheter de Paic pendant au moins trois ans. Ce fut cette brèche d'inattention que Prince Ferguson et son secrétaire Emmanuel Levington – le visage encore un peu marqué par son interpellation – choisirent pour entrer et s'installer à la table du jeune énarque. Il sursauta, avec sur le visage la même expression que lorsque sa mère le surprenait en train de feuilleter un catalogue de lingerie.

— Monsieur Bolduc, je présume. Je suis le consul Ferguson. Mon secrétaire.

Le diplomate désigna d'un doigt dédaigneux Levington, qui ne prit pas la peine d'adresser à Bolduc autre chose qu'un regard méprisant. Ferguson poursuivit, un sourire carnassier sur le visage.

— J'espère que vous trouvez l'endroit à votre goût.

Le fragile Augustin laissa alors place au redoutable Bolduc, spécialiste des relations diplomatiques.

— Un petit peu loin de l'Élysée et de votre ambassade, mais sinon c'est parfait.

— Il n'y a pas beaucoup d'endroits dans Paris où nous pouvons discuter sans être dérangés.

Levington restait silencieux. Il prenait, au fil des minutes, des airs de molosse. Le consul répéta sa phrase, un ton au-dessus.

— Il n'y a pas beaucoup d'endroits dans Paris où l'on puisse discuter sans être dérangés.

Les quelques hommes qui jouaient aux cartes se levèrent alors en silence, et sortirent sans demander leur reste. Le consul claqua alors des doigts et prononça quelques mots en pidgin que Bolduc ne comprit pas. Aussitôt, Goodluck apporta trois bouteilles de bière sur lesquelles cheminaient des gouttes de condensation auxquelles la chemise de Bolduc, cachée par sa veste de costume, n'avait rien à envier. Il réussit à cacher son trouble et, même, à faire preuve de superbe.

— Écoutez, Excellence. Vous êtes allés beaucoup trop loin. Nous avons toujours toléré, sur notre territoire, les activités des Cult societies. Mais cette fois-ci, du sang a été versé. Et du sang français. Nous n'allons pas pouvoir vous couvrir. Le président et le ministère des Affaires étrangères ont demandé la levée de votre immunité diplomatique. Et ils l'ont obtenue. Je suis là pour vous prévenir officieusement que vous serez interpellés à vos domiciles dans les prochains jours.

Ferguson n'effaçait pas de son visage son sourire suffisant.

— Monsieur Bolduc, vous n'êtes pas sans savoir que plusieurs compagnies pétrolières ne se sont pas acquittées des taxes pour exploiter nos gisements. Puis-je me permettre de vous rappeler le montant de la dette que le gouvernement leur réclame ? Il y en a pour soixante-deux milliards de dollars, et une entreprise française compte au rang des débiteurs...

Bolduc se redressa sur sa chaise. Ce qui le gênait depuis le début au niveau de l'assise semblait avoir disparu.

— Excellence, je suis ici pour vous dire au nom de l'État français que nous ne céderons pas à votre chantage.

Le sourire de Ferguson semblait gravé. Immuable.

— Parlons-en une fois que vous aurez vu ceci...

Levington servit enfin à quelque chose dans la conversation, et fit glisser sur la nappe une clé USB dont le frottement émit une insupportable complainte.

— Nous devons partir, monsieur Bolduc. Bonne journée. Et les consommations, c'est pour nous. Nous sommes des hôtes remarquables, je pense que vous saurez vous en apercevoir.

– 47 –

Dans la cage d'escalier cradingue, Valmy et Queffelec se tenaient derrière les quatre hommes de la BRI. Il était cinq heures cinquante-huit. Deux heures avant l'heure du laitier, cent vingt secondes avant celle des voyous. Valmy connaissait par cœur le fracas du bois qui cède, les halos de lampes torches nerveuses qui irradient la poussière laissée en suspension par la porte qui choit sur un parquet grinçant. Les hurlements des hommes encagoulés, « Police ! », « Clair ! Clair ! ». Pourtant, une tension l'envahissait chaque fois. Il était le trapéziste qui réalise son millième triple saut périlleux. C'était peut-être celle-ci, la fois où on l'attendait derrière la porte avec un calibre. Un des flics avait peut-être fait grincer la mauvaise marche, et Ricky avait peut-être le sommeil léger. Queffelec était dos au mur, son flingue au bout du bras, le long de sa cuisse. Soixante secondes. Les deux flics prirent simultanément une grande inspiration. Le chef de la colonne BRI guettait l'ordre de Valmy qui regardait sa trotteuse avancer vers l'heure pile, en écoutant son cœur accélérer. Il avait insisté auprès de Graziani pour mener la perquisition chez le prétendu marabout qui travaillait pour la branche parisienne des Eiye. Queffelec avait été désigné pour l'accompagner et mener la perquisition. Officiellement parce qu'il serait formateur pour lui de travailler auprès d'un flic aussi expérimenté. Officieusement, parce qu'il fallait tenir à l'œil Philippe Valmy, dont le discernement se réduisait au point de devenir une anguille dans une botte de foire – c'était en tout cas ce que l'on avait entendu de la bouche de Dicton lors du pot d'arrivée de Victor...

Dix secondes. Les yeux de Valmy et ceux du chef de colonne ne se quittaient plus. Trois secondes. Valmy leva la main en l'air, le chef de colonne arma son bélier – sur lequel un flic facétieux avait tagué « TOC TOC, C'EST LES CROISSANTS » –, effectua un ou deux allers-retours devant la serrure sans la toucher, afin d'assurer la trajectoire de son mouvement. Deux. Une. Valmy abaissa le bras, le bélier vint s'écraser contre la serrure de l'appartement de Ricky en un bruit sourd, suivi de la complainte du bois vermoulu de la porte. Victor pointa son arme au-dessus de l'épaule de Valmy. La colonne de flics s'engouffra dans l'appartement dans un chahut qui ferait sûrement jaser la petite vieille du dessus. Victor progressait et explorait chaque pièce du mouvement inquiet de celui qui, après s'être entraîné sans relâche, touchait au réel. Il ouvrait brusquement les placards, laissait traîner le halo indiscret de sa torche dans chaque recoin des pièces étriquées. Valmy, derrière lui, respirait de plus en plus bruyamment.

— Police !

Au bout du couloir, le hurlement d'un flic de la BRI fendit l'air. Victor se précipita vers la pièce d'où provenait le bruit. Dans un éclair de lucidité, Valmy le retint. « Attends, on sait pas s'il est seul. » Il savait son besoin d'avoir devant lui un collègue en garde-fou qui l'empêcherait de se précipiter sur Ricky. Les deux flics se séparèrent. Une pièce chacun. Valmy, dans la cuisine, éclairait des casseroles dans lesquelles reposaient des substances visqueuses. Leurs couleurs verdâtres et jaunes se mêlaient à la lueur blafarde de sa lampe, qu'il fit passer sur des bocaux remplis d'épices multicolores, de plumes de poulet et de ce qui lui sembla être de ces écailles séchées de serpent qu'il avait vues au Bénin. Enfin, il ne leur restait plus qu'un mètre avant d'entrer dans la chambre.

Commodes aux tiroirs de guingois. Odeur de cuisine aux épices et de moisissure. Les flics de la BRI avaient allumé le plafonnier aux ampoules cheap qui grésillaient, tentant d'exister entre les cris de peur des deux filles qui dormaient aux côtés du suspect et ses hurlements de rage que tentaient de calmer les molosses encagoulés. Une fois dans la pièce, il ne vit plus que le visage apeuré des gamines terrées dans un coin à côté d'une coiffeuse au miroir fendu en deux, sur lequel étaient scotchées des photos de femmes habillées de wax, et de jeunes hommes en maillot de foot devant une moto hors d'âge. Valmy s'approcha d'elles – il ne sortait plus de sa torpeur que face à la détresse humaine. Il leur parla doucement, dans les rudiments de pidgin qu'il connaissait. Les filles étaient mineures. La tension qui envahit le flic partit de ses pieds pour s'emparer de ses jambes, serrer ses poings pour, enfin, concentrer toute sa force à la surface de ses yeux. Il fit un pas en direction du prétendu marabout, la bedaine tombante sur un slip kangourou aux taches jaunâtres dignes d'une vieille réclame pour lessive surpuissante. Face à Valmy, Ricky s'écrasa copieusement. Le silence de mort qui envahit la pièce réussit même à éteindre les sanglots des deux adolescentes. Plus rien n'existait pour Valmy que le désir ardent d'écraser son poing sur la face du suspect, qu'il devait refréner malgré son irrépressible puissance. Queffelec s'empara du silence comme on saisit une balle au bond. Il articula d'une voix électrique :

— Monsieur Richard Okemba, vous êtes en garde à vue pour complicité d'assassinat en bande organisée. Cette mesure est d'une durée de vingt-quatre heures renouvelables une fois, sur décision du procureur de la République. Puis pour une durée de quarante-huit heures supplémentaires, sur décision du juge des libertés et de la détention. Vous avez droit à un avocat, à un médecin, et celui de faire prévenir un membre de votre famille. Est-ce que vous comprenez vos droits ?

Ricky ne cilla pas. Il hocha la tête sans quitter Valmy des yeux. Les deux hommes se jaugèrent. Face à la scène, Victor se drapa dans son professionnalisme.

— Monsieur Okemba, nous allons procéder à une perquisition de votre domicile. Vous n'avez rien de dangereux, rien d'interdit ici ?

L'homme ne répondit pas à la question. Valmy fondit sur lui comme un chat sur un oisillon et lui agrippa le col.

— Putain, réponds ou je te fume.

La main de Victor se tendait pour retenir la fureur de Valmy, quand le regard effrayé du marabout croisa celui du jeune flic. Il décida de laisser Philippe déformer de sa poigne enragée le marcel de leur suspect.

Enfin, ils entendirent le son de la voix du marabout. Elle susurrait à l'oreille de celle de Valmy.

— Rien du tout, papa. Ne t'énerve pas comme ça, tu vas me mettre en colère...

Les hommes de la BRI regardaient le spectacle en silence, espérant ne pas avoir à utiliser leurs serflex sur le flic hors de lui qui malmenait le pauvre gus en slip pincé dans le dos. Enfin, Valmy desserra sa prise pour commencer la perquisition. Les tiroirs volaient, une armoire tomba dans un fracas qui ferait décidément pester la mamie du dessus. Quand Victor s'apprêta à vider les bocaux qui peuplaient la cuisine, Valmy lui saisit fermement le bras.

— Touche pas, Victor. Même lui ne planquerait rien là-dedans...

Il adressa à Ricky un regard ferme qui ne souffrait pas la moindre contradiction. Ce dernier opina du chef et baissa la tête, debout les mains dans le dos. Toujours en slip, dans la position humiliante de ceux que l'on a serrés au réveil, l'œil torve, l'haleine fétide et la superbe en berne.

Trente minutes après une perquisition négative, destinée à s'assurer que Ricky n'avait pas un peu de drogue ou une arme qui auraient pu alourdir la procédure, les deux filles avaient été emmenées aux 36 par un équipage de police secours. Tandis que la BRI et les deux flics de la Crim' descendaient l'escalier grinçant, Ricky entre eux deux, menottes aux poignets et un survêtement sur le cul. En bas de l'immeuble, le groupe d'intervention prit congé de Philippe et Victor, de moins en moins rassuré à l'idée de rentrer au 36 seul avec un suspect virulent et un collègue en semi-transe. Comme s'il lisait dans ses pensées, Valmy lui demanda de conduire pendant qu'il monterait à l'arrière du véhicule avec Ricky. Queffelec vit alors apparaître à côté de sa tête un petit ange avec le code de déontologie sous le bras, qui lui intima l'ordre de dire à Valmy d'inverser les rôles ; et un diable, son instinct de flic en bandoulière, qui lui dit de laisser faire l'ancien, dont le dossier administratif était vierge de la moindre bavure. Il dégagea l'ange institutionnel d'une pichenette et s'installa au volant de la voiture banalisée, persuadé que Valmy, fort de sa carrière impeccable, saurait se tenir.

La voiture roulait lentement, sans gyrophare. Jusqu'ici, Victor suivait à la lettre les instructions de Philippe, qui ne cessait de fixer le suspect. La promiscuité physique imposée par la voiture renforçait le malaise. Un orage grondait dans ses yeux bleus, que n'osait soutenir Ricky, recroquevillé près de la portière arrière droite. Au fil des minutes, le faux marabout perdait toujours plus de ce qui lui restait de superbe, déjà réduite à peau de chagrin depuis qu'il était dépourvu de ses impressionnants oripeaux traditionnels.

Lorsque la voiture arriva au niveau de la porte de Clignancourt, Philippe intima l'ordre à Victor de se garer sur le parking d'un stade, encore désert à cette heure. Le jeune capitaine obéit en s'efforçant de montrer à quel point il était inquiet pour leur suspect, aux oreilles duquel le bruit du frein à main sonna comme un glas. Philippe sortit lentement de la voiture, en fit le tour sans rien dire, ouvrit la portière de Ricky et le saisit par le marcel – qui portait encore les stigmates de son empoignade précédente. Le faux marabout se retrouva projeté hors de l'habitacle et collé contre un container à poubelles qui traînait par là. Valmy avait décidé de lui faire faire corps avec le bac jaune – celui qui sentait le moins fort, même lors d'opérations aussi illégales que celles-là, il faisait en sorte de respecter la dignité du mis en cause, comme le voulait le Code de procédure pénale... Il approcha son visage de celui de Ricky, dont l'haleine, qui empestait le réveil brutal et l'hygiène bucco-dentaire douteuse, ne dérangeait plus Valmy. Leurs bouches n'étaient qu'à quelques centimètres, leurs regards ne cillaient pas.

Après plusieurs respirations de bœuf enragé, Valmy dit enfin :

— Parle, dis-moi tout. Je n'ai rien à perdre, tu comprends. Rien du tout...

Le flic ne contrôlait plus les larmes qui coulaient le long de sa joue. Il faisait tout pour ne pas laisser se réveiller la bête violente qui sommeillait en lui depuis trop longtemps. Ricky, lui, avait compris qu'il n'était plus, depuis le moment de son interpellation, sous le giron protecteur du droit français, mais entre les mains d'un type à qui l'on aurait dû retirer son flingue depuis longtemps, et en compagnie d'un autre qui avait décidé de regarder ailleurs. Et s'il aimait les plans à trois avec des mineures, la fausse magie noire et les habits brillants, ce qui caractérisait Ricky par-dessus tout – lui-même le savait – était une pleutrerie à faire rougir les plus pitoyables collabos de l'Histoire. Pour la première fois depuis des années, quelque chose fut à la hauteur des espérances de Philippe Valmy... Et ce fut la diarrhée verbale que réussit à produire son suspect.

— Qu'est-ce que tu veux savoir au juste, papa ? Je ne sais même pas de quoi tu parles…

Les dents de Valmy se desserrèrent d'un nanomètre pour laisser sortir le nom qui le hantait depuis qu'il l'avait entendu de la bouche d'Antoine.

— Kelly Ogbodo…
— Quoi ? Ça ne me dit pas ce que tu veux…

Valmy arma un coup de poing en direction du visage du marabout. Victor sortit de la voiture, prêt à mettre fin à la confrontation. Valmy baissa son poing et lui intima un regard qui lui fit faire demi-tour.

— Kelly a perdu son bébé, elle est venue me trouver pour que je convainque Ayelala d'aider l'enfant à faire le voyage. Je lui ai simplement montré le chemin.

— Arrête… C'est quoi, ces poupées ? Et depuis quand Ayelala demande des sacrifices humains… *I want you sey me truth*[1].

Ricky ouvrit des yeux étonnés, devant lesquels Valmy ne cillait pas. Il n'était plus Valmy. Il n'était plus rien. Il savait que depuis qu'il avait levé la main en direction du marabout, tout avait changé. Il abhorrait les flics qui cognaient les suspects, les avait haïs pendant toute sa carrière. En un mouvement de bras, il avait failli rejoindre le camp des ordures. Il avait failli perdre sa droiture, tout ce qui lui restait, mais ne devait pas le montrer. Son bluff fonctionnait. Ricky bredouillait, le regard fuyant. Petit à petit, ses moyens disparaissaient.

---

1. « Dis-moi la vérité » en pidgin.

— On m'a demandé ça... C'est Trinity qui m'a appelé. Elle m'a dit que Kelly allait venir, et qu'avant il fallait que je retrouve un de mes camarades Eiye pour qu'il m'explique ce que je devais lui dire. Elle serait en colère contre les policiers qui l'ont obligée à trahir son serment prêté devant Ayelala. On y a vu la possibilité de faire peur au gouvernement français...

— Comment ça, faire peur ?

Valmy relâchait peu à peu son emprise.

— On savait bien qu'en s'en prenant à des policiers, on aurait l'oreille de ceux qui peuvent nous faciliter la vie...

— Et les types qu'elle a tués les deux dernières nuits ?

— Parce que vos dirigeants ne nous écoutaient toujours pas. Il fallait passer à la vitesse supérieure. Et Kelly s'est révélée très douée...

— Et la poupée ? Pourquoi ?

Ricky eut le rire effrayant de ceux dont la santé mentale risquait à tout moment de défaillir.

— Pour créer la psychose. On voulait que la France ait peur de ce qu'elle croyait connaître. *We want dem scare.* Ça servait nos intérêts... Alors on a utilisé une poupée, pour retourner vos clichés contre vous. Et si on prend pas les vrais symboles vaudous, on ne fâche pas les divinités...

Petit à petit, Valmy connectait les points. Kelly Ogbodo et lui étaient liés par le désespoir, par la perte de ceux qui les raccrochaient à la vie. Ce qu'il avait vu dans les yeux du cadavre de la jeune femme, le regard qu'ils avaient échangé pendant la planque en terrasse... C'était le choc de deux âmes perdues. Ricky était mûr, il fallait finir. Vite.

— C'est quoi, cette histoire ? De quoi parles-tu ? Pourquoi vous vouliez nous faire peur ? Levington ? Ferguson ? C'est qui ?

— Des Eiye, papa. Ils voulaient que la France les aide à devenir plus puissants. *Demon no dey only deceive people, dem still dey do wetin go make people fear*[1].

Le parallèle entre Valmy et Ogbodo se faisait de plus en plus saisissant. Ils étaient chacun le bras armé d'une machine. Et tout ce qu'ils savaient de ses rouages, c'était la façon dont ils avaient broyé ceux qu'ils aimaient. Il fallait qu'il comprenne. Enfin. Trouver la paix, pour Élodie, pour Louis, pour Kelly, sa lutte sans relâche pour sa liberté qui l'avait fait sombrer dans la folie. Pour lui, aussi.

— Pourquoi là, maintenant ? Ça fait dix ans que les Eiye sont sur le territoire. Pourquoi vous avez voulu faire pression maintenant ?

— Je ne sais pas… Je te jure que je ne sais pas.

Ricky éclata en sanglots, persuadé que ce flic dément ne le croirait pas. Sur son jogging se dessina une flaque d'urine. Victor était resté à distance. Il prit une bâche dans le coffre pour protéger la banquette arrière ; Ricky hurla, persuadé que son heure avait sonné. Les flics l'installèrent dans la voiture et repartirent les fenêtres grandes ouvertes en direction du 36, avec Ricky, quelque peu rassuré, qui reniflait fort pour ravaler ses sécrétions, stigmates de sa pleutrerie. Presque à en couvrir le bruit du deux-tons.

En arrivant dans la rue du Bastion, Victor et Valmy virent un attroupement devant le parking.

---

1. « Les démons trompent les gens, et en plus leur font peur. »

Une camionnette grise était garée devant l'entrée. Le soleil les empêchait de distinguer correctement les silhouettes, qui devenaient plus nettes à mesure qu'avançait la voiture. Debout à côté d'une berline noire coiffée d'un gyrophare, Alice Quinet discutait avec Graziani. Victor gara la voiture à leur niveau et sortit, laissant Valmy à nouveau seul avec Ricky. Graziani ne laissa même pas au jeune capitaine le temps de présenter ses respects.

— Vous avez mis le temps, Queffelec...
— Les embouteillages, patron. On monte le gardé à vue aux geôles et on arrive...

Quinet s'avança d'un pas ferme qui fit claquer son talon sur la pierre impeccable de la nouvelle cité judiciaire.

— Vous n'emmenez personne en cellule, capitaine. Ordre du parquet, vous me remettez votre gardé à vue, et vous êtes dessaisis du dossier.

Victor Queffelec lança un regard noir à Graziani, qui lui intima silencieusement l'ordre d'obéir sans la ramener. Au même moment, Valmy sortait Ricky de la voiture. Le marabout avait séché ses larmes, et fixait le commissaire Quinet. Philippe Valmy s'adressa à Graziani d'un ton sec.

— C'est quoi ce bordel, patron ? Vous vous foutez de nous ?

Le commissaire répondit d'une voix étranglée.

— Philippe, vous obéissez. Et vous la fermez.

Un des hommes de Quinet – qui, malgré leurs tenues civiles, avaient tous l'air habillés en uniforme – attrapa le marabout par le bras d'un air écœuré. Valmy serra les dents.

— Eh ouais, collègue, la vraie vie ça sent plus mauvais que les écoutes illégales... Et paradoxalement, ça pue moins que vos méthodes.

Quinet se redressa, piquée au vif.

— Commandant, vous êtes devenu une aberration pour la Police nationale. Croyez bien que votre chef de service ne sera pas toujours là pour vous protéger.

— Commissaire, croyez bien que ma carrière m'intéresse aujourd'hui aussi peu que votre avis. Ce qui est une aberration, c'est que l'on confie ce genre de responsabilité à des gens qui ont encore l'âge d'avoir une carte Jeune.

Graziani lui lança un regard noir. Quinet répondit du tac au tac.

— Je vous laisse le soin d'intégrer les jurys de concours administratifs, commandant. Je suis certaine que vous saurez faire preuve de parcimonie et que vous renouvellerez avec brio le corps des commissaires. En attendant, nous sommes dans un État de droit, et l'autorité qui m'a été confiée me permet de mener à bien ma mission sans avoir que faire de votre opinion. Je vous remercie de vous en souvenir, cela vous permettra d'économiser de la salive.

Face à ce croisé de fers, Graziani retenait sa respiration, espérant que Valmy ne perde pas – encore plus – les pédales. Le type de la DGSI retenait la sienne, simplement à cause de Ricky. Et Victor aurait adoré se transformer en enjoliveur ou en capot de voiture, histoire de pouvoir se fondre dans le décor et disparaître. D'un geste plus théâtral qu'il ne l'aurait voulu, Philippe Valmy ôta son gilet tactique siglé « POLICE

JUDICIAIRE » et le jeta aux pieds d'Alice Quinet avec sa carte de réquisition.

— Félicitations, commissaire. L'administration dont vous représentez si fièrement l'autorité a eu raison de moi. Je vous donnerais bien mon arme, mais j'ai peur que vous vous fassiez du mal...

– 48 –

À cinq mille kilomètres de distance, Alice Quinet et Augustin Bolduc ne parvenaient pas à trouver le sommeil. Abuja et Paris étaient sur le même fuseau horaire. Chacun à sa manière avait les épaules trop frêles pour supporter le poids de son savoir.

Alice regardait l'oreiller désespérément vide à côté d'elle. À vingt-sept ans, elle avait décidé de laisser la romance aux esprits mièvres, consacrant le sien aux affaires secret-défense. Elle entrait dans l'âge où les invitations à des mariages, les pots communs pour des enterrements de vie de jeune fille ou de garçon se multipliaient. Et chaque week-end dans le Perche ou dans une maison de Sologne lui rappelait à quel point, au fond, elle avait peur de louper le coche. Elle fixait son radio-réveil, les deux points qui clignotaient, égrenant les secondes avant qu'il ne sonne. Alors, elle se prélasserait quelques minutes en entendant la voix du présentateur de la matinale d'Inter. Elle se prendrait à vouloir qu'elle soit couverte par le « bonjour » de quelqu'un qui l'aime et partage son sommeil. Un « bonjour » qui masquerait pendant une fraction de seconde les titres macabres des infos de sept heures. En imaginant cela, elle savait qu'elle ressentirait une mélancolie fragile qu'elle ferait taire, estimant que ce n'était pas là un bon moyen de commencer sa journée. Elle mettrait alors en branle sa routine matinale, dont chaque élément était pour elle comme la pièce d'une armure qui lui permettait d'affronter la vie.

D'abord, lire les nouvelles sur son smartphone, assise sur ses toilettes. Puis, se faire bouillir de l'eau pour faire infuser son thé Earl Grey, se brosser les dents, se coiffer, appliquer un trait d'eye-liner sur son regard encore un peu trop doux. Et, enfin, chausser ses lunettes à grosse monture pour combattre la myopie qui lui permettait parfois de ne pas voir le monde et de l'imaginer à son idéal. Elle enfilerait ensuite son éternel ensemble tailleur pantalon noir, chemise blanche, et prendrait le chemin de sa voiture de service pour rouler environ vingt minutes depuis son deux-pièces de la rue des Martyrs jusqu'à Levallois, pare-soleil POLICE baissé pour pouvoir emprunter les voies de bus sans encombre. Plus que deux minutes avant sept heures... Jingle Radio France, voix du présentateur, routine matinale... Tout se déroulait normalement.

Quand elle prit sa voiture, il était huit heures dix-sept, l'heure de la chronique géopolitique. Le journaliste avait une voix grave et entraînante. Mais ses phrases lui firent l'effet d'une gifle. Il annonçait que le Nigeria avait accepté d'effacer la dette d'une grosse compagnie pétrolière française, qui pourrait de nouveau exploiter les gisements du pays, premier producteur africain d'or noir. Dans le couloir de bus de l'avenue de Villiers, elle pila sans même se garer, comprenant enfin pourquoi on lui avait demandé de laisser filer les Eiye une semaine plus tôt sans plus d'explications. Et pourquoi ce fameux « on » avait dit qu'il fallait « garder un œil attentif à leurs activités délictueuses sans les réprimer activement ». Les cadavres des hommes assassinés par Kelly Ogbodo dansaient devant ses yeux, et elle pensa à Ferguson, retourné tranquillement au Nigeria. Elle resta quelques secondes interdite, sa voiture arrêtée sur la voie de bus déclenchant, à l'heure de pointe, les klaxons des taxis furibonds. Puis écrasa rageusement une larme qui n'était pas la bienvenue, reprit ses esprits et redémarra doucement en direction de son bureau, prête à servir, coûte que coûte, les intérêts de la nation.

*
* *

Un cri de rage déchira les coursives de la prison pour femmes de Fleury-Mérogis. La cavalcade des rangers des surveillantes pénitentiaire, l'agitation des cellules, le bruit des casseroles que les détenues cognaient sur les barreaux, rien ne parvenait à contenir les hurlements de Trinity Johnston. En regardant à travers l'œilleton, la surveillante en chef vit la jeune Nigériane retourner la table de sa cellule. Elle s'était lancée, avec le mur, dans une bataille de coups de poing perdue d'avance. Hirsute, elle avait piétiné au sol un téléphone portable. Les matonnes décidèrent de laisser passer la tempête, tant elles y étaient habituées. Cela faisait un an que Trinity était dans les murs. À la suite d'une remise de peine qui, selon elles, relevait de l'intervention divine, il ne lui restait que trois mois à tirer. Et ses effrayantes crises de rage explosaient chaque fois qu'elle apprenait que les rentrées d'argent étaient moins bonnes, ou qu'une fille avait perdu les clés d'une camionnette.

– 49 –

Dans sa suite du Hilton d'Abuja, Augustin Bolduc pensait à ces dix dernières années au lycée de Morlaix, à l'ENA, à son ascension fulgurante dans la sphère politique qui l'avait amené à son dîner d'hier soir au Hélène's Bistro, un restaurant gastronomique du centre de la capitale nigériane. Il s'y était assis avec Prince Ferguson, leader de la branche parisienne des Eiye devenu ministre fédéral en charge du pétrole. Même s'il avait tenté de faire bonne figure, chaque bouchée avalée durant le repas avait le goût âpre des convictions trahies. Le nouveau ministre, sourire aux lèvres, lui avait, en guise de dessert, royalement remis la dernière copie du fichier informatique qui avait fait ployer l'État français. Dans la literie enveloppante du palace, il avait branché la clé USB sur le port de son Mac.

Si la camionnette mal éclairée dans laquelle la vidéo avait été tournée en atténuait la qualité, on y distinguait sans peine le visage du président du Sénat, maigre et sévère, déformé par la grimace du plaisir malsain, ainsi que les traits juvéniles de l'adolescente qui en était l'objet. Ce dernier visage se mêla, dans l'imagination de Bolduc, à celui inanimé de Kelly Ogbodo, qu'il n'avait vu qu'à travers la vitre sans tain du soum. Le jeune homme apprenait les pas de la danse qui le hanterait jusqu'à la fin de ses jours : celle des cadavres que l'on a sur la conscience. Il ne comprenait pas pourquoi ce sentiment de culpabilité ne laissait pas place à celui du devoir accompli. Il avait agi en homme d'État, discrètement, et sa carrière en bénéficierait. Il n'en avait cure. Tout ce qu'il voyait, c'était Ogbodo et Tony Péreira, son bourreau du lycée. Ce destin paisible, dans l'enveloppante tranquillité d'une vie de famille couplée à un CDI. Bolduc, lui, participait à un mensonge d'État et laissait des crimes impunis. Le bilan était pathétique... Il se dirigea vers le minibar de son hôtel pour en ouvrir une mignonnette... Après avoir éclusé la quatrième, il mit, groggy, un point final au mail qu'il avait rédigé à l'attention de Mediapart.

Épilogue

Philippe Valmy était assis face aux plaines de Foumban, la ville d'origine de Sanagari. La terre rouge vif dont était fait le sol de cette cité historique de la tribu Bamoun ne cessait de le fasciner. Parterre incandescent qu'il foulait timidement, de peur d'être happé par son histoire. Demain matin, ils retourneraient à Douala pour l'ouverture de leur restaurant. Seul face à l'ouest, Valmy regardait le soleil descendre lentement dans le lointain. Comme à son habitude, il ferma un œil, tentant de le retenir entre ses doigts, comme pour empêcher la nuit d'arriver. Il serrait les dents, contractait tous ses muscles. Mais immanquablement le soleil lui échappait, et la nuit tombait.

La nuit tombait, et la vie continuait.

Graziani avait été nommé directeur de la Police judiciaire, Jean avait claqué la porte de la boîte avec pertes et fracas. Edwige, Victor, Julien et Hakim poursuivaient une carrière qui les détruirait à petit feu. Rien n'empêcherait la vie de suivre son cours.

Comme chaque fois que le soleil disparaissait à l'horizon, Valmy se mit à pleurer. Silencieusement. Comme chaque fois. Conscient qu'immanquablement, la nuit tombe. Et qu'un jour, elle ne ferait plus place à l'aube.

Remerciements

Merci à ma mère, qui, cette fois-ci, n'est pas reléguée en bas de page. Pour la simple et bonne raison que cette blague ne peut pas marcher deux fois.

À titre très personnel, je remercie ma compagne, Marie P., qui m'a supporté tous les jours dans l'écriture de ce roman, relisant sans relâche chaque phrase qui me mettait le doute… chaque phrase, donc. Marie, sur qui je sais pouvoir m'appuyer malgré son mètre soixante, et qui réussit chaque jour à me rendre plus heureux que la veille. (Je précise que, dans un TGV Paris-Marseille, elle lit par-dessus mon épaule et vient de corriger un mot de la deuxième ligne.)

Merci à mon éditrice, Maïté Ferracci, avec qui chaque séance de travail est à la fois un bonheur pour l'esprit et une torture pour les méninges. Avec qui, à défaut d'aller explorer les plaines du Nigeria, j'ai arpenté les allées du musée du quai Branly, débattu sur une virgule ou des points de suspension. Ma chère Maïté, tu as bien trop souvent raison. Et maintenant que tu as lu le paragraphe qui te concerne, je te laisse me faire des remarques sur la suite des remerciements.

Merci à toute l'équipe de chez Michel Lafon pour leur engagement sans faille au service des auteurs. Elsa, Michel, Laurent, Anne, Margaux, Fred, Anissa, Anaïs, Clément, et tous ceux que je n'ai pas encore eu l'occasion de remercier en direct, qui ont fait de la naissance de ce roman un véritable bonheur. Vous avez su, par votre humanité et votre gentillesse, redonner à l'expression « maison d'édition » un sens plus littéral que jamais.

Merci à Olivia de Dieuleveult, mon agent, pour son accompagnement, sa disponibilité, sa gentillesse, son talent et sa bienveillance.

Merci à mes anciens collègues de la BRP, qui m'ont guidé dans l'écriture de ce récit. Par leurs anecdotes et leur expertise. En particulier au commissaire divisionnaire Christophe Hirschmann qui, de supérieur hiérarchique, est devenu un ami. Et qui, autour d'un délicieux repas portugais, a planté la graine qui a fait germer ce roman. Merci également à Philippe Bugeaud pour son amitié et son soutien.

Merci à mes potes, qui ne m'ont toujours pas lu, mais que j'aime quand même. Écoutez vos copines, les gars, elles ont aimé mes livres.

Merci à la famille Njoukou pour m'avoir si chaleureusement accueilli en son sein. « Maman » Aïssatou, Tonton Amadou, Tonton Hassan et toute la famille… Vous m'avez rendu la vie si belle durant ce périple.

Ces quelques lignes ne suffiront pas à exprimer la gratitude que j'ai envers Sciences Po, qui me fait, depuis près de trois ans, une confiance dont j'essaie chaque jour de me montrer digne. Merci, donc, à Frédéric Mion, son directeur, dont l'engagement au service de grandes causes est un exemple. Votre bienveillance à mon égard, cher Frédéric, me touche au plus haut point. Merci à Michel Gardette. Cher Michel, parler de littérature avec toi est un véritable bonheur. L'accolade, camarade. Merci également à Delphine Grouès de m'avoir témoigné, en m'offrant la possibilité d'enseigner, une confiance dont j'espère me rendre digne à compter de la rentrée prochaine. Merci à Jérôme Guilbert, mon amie Judith Azema, Anh-Dao Pham, Youssef Halaoua et Marie Frocrain. Vous avez été des rencontres formidables. Merci, donc !

Merci à tous ceux qui ont contribué à la réalisation de ce roman, par leur temps, leur expertise et leurs conseils avisés. Corentin Cohen, du Centre de recherches internationales-Sciences Po, Marc-Antoine Pérouse de Montclos, directeur de recherche à l'Institut de recherche pour le développement. Les silhouettes anonymes qui battent le pavé parisien et ont accepté de se livrer et de m'accorder leur confiance.

Merci à la talentueuse Pauline Darley, au Paname (qui m'a toujours accueilli à bras ouverts), et au Piano Vache pour cette séance photo inoubliable.

En ces temps quelque peu troublés, je tiens tout particulièrement à exprimer mon soutien total et ma gratitude envers les libraires et organisateurs de salons littéraires. Mention spéciale à René Vuillermoz, qui m'a soutenu alors même qu'aucun de mes textes n'était encore sous presse. René, tu es un trésor pour la littérature. Cher lecteur, si, comme ma mère, tu lis les remerciements jusqu'au bout – Oui, je te tutoie, nous venons de passer plus de trois cents pages ensemble –, Cher lecteur, donc : je t'en prie. Achète des livres dans ta librairie, va arpenter les allées des salons du livre, soutiens ces professionnels passionnés qui ne vivent que par et pour la littérature. Parce que, sans eux, l'objet que tu tiens entre tes mains n'existerait pas.

PS : Merci, Muji, tu es un chien parfait ! Je t'aime.

Bibliographie

Voici quelques écrits, tous fascinants, qui m'ont accompagné pour tisser la toile de fond de ce roman.

Ouvrages :

Tout s'effondre, Chinua Achebe, traduit de l'anglais (Nigeria) par Pierre Girard, Babel, 2016.
Vaudou, catalogue d'exposition Vaudou, Éditions Fondation Cartier, 2011.
Aspects du mythe, Mircea Eliade, collection « Folio essais », Gallimard, 1988.
Anthologie des expressions corses, Fernand Ettori, collection « Petite Bibliothèque Payot Voyageurs », Payot, 2017.
Textes sacrés d'Afrique noire, Collectif, préface d'Amadou Hampâté Bâ, collection « Folio essais », Gallimard, 2011.
Les Mystères du Vaudou, Laennec Hurbon, collection « Découvertes », n°190, Gallimard, 1993.
Verre cassé, Alain Mabanckou, Points, 2017.

Sur la piste animale, Baptiste Morizot, préface de Vinciane Despret, collection « Mondes Sauvages », Actes Sud, 2018.
Psychanalyse païenne, Tobie Nathan, collection « Poche Odile Jacob », Éditions Odile Jacob, 2000.
L'influence qui guérit, Tobie Nathan, collection « Poche Odile Jacob », Éditions Odile Jacob, 2001.
L'Hibiscus pourpre, Chimamanda Ngiozi Adichie, collection « Folio », Gallimard, 2016.
Colonial systems of control: "Criminal justice in Nigeria", Vivian Saleh Hannah, University of Ottawa Press, 2018.
L'Île magique, les mystères du vaudou, William Seabrook, Éditions J'ai Lu, 1974.

Articles :

« Le rôle des acteurs religieux dans la traite des êtres humains entre le Nigeria et l'Europe », Corentin Cohen sous la direction de Centre de recherches internationales, Dieckhoff Alain, Portier, in *Observatoire international du fait religieux* (bulletin n°18), avril 2018.
« Permissivité et violence sur les campus nigérians – Quelques lectures du phénomène des "secret cults" », Yann Lebeau, in *Politique africaine* (n°76), avril 1999.
"Violence in the citadel: the menace of secret cults in the Nigerian universities", Adewale Rotimi, *Nordic Journal of African Studies,* 2005.
« L'odyssée criminelle de la mafia nigériane », Joan Tilouine et Célia Lebur, *Le Monde*, 3 juillet 2020.